"请你说话放干净一点好不好,预科生?"

"你凭什么一口咬定我上过预科学校?"

"看你的样子又蠢又有钱,"她摘下了眼镜说。

"那你就看错了,"我也不服气了。"我实际上倒是又穷又聪明。"

"得了吧,预科生。我才是又穷又聪明呢。"

她说着,两眼对我直瞅。那对眼睛是棕色的。好吧,就算我的样子像个有钱人,可我也不能让个拉德克利夫毛丫头骂我蠢货啊——哪怕你眼睛长得漂亮也不行。

"你说你聪明,聪明在哪儿?"我问她。

"我就不会跟你一块儿去喝咖啡,"她答道。

"告诉你——我也不会请你。"

"你蠢就蠢在这一点上,"是她的回答。

我还是请她去喝了咖啡,这是有道理的:那天在紧要关头,还是全亏我识时务,停止了抵抗——也就是说,全亏我会装蒜,只作突然来了请她的兴致——我才算借到了那本书。她得等图书馆关了门才能走,所以我也只有充裕的时间,翻了一下十一世纪末叶皇室由依靠僧侣转为依靠法学家的那段历史,记住了一些警句。那次测验我得了个"A-",说也巧,我初次看到詹尼从借书处里边走出来时,我给她大腿打的正好也是这个分数。可是对于她的装束,我打的分数就不能说是个高分了;那种装束未免太落拓了点,不大合我的口味。我尤其不喜欢她当手提包用的那个印第安玩意儿。这话我幸而没有说,因为我后来发现,那还是她自己设计的呢。

我们就去矮子饭店。这是附近的一家小吃店,尽管店名叫矮子,倒不是专门招待小个子顾客的。我要了两杯咖啡,还专门为她要了一客巧克力冰淇淋。

"我叫詹尼弗·卡维累里,"她说,"是意大利裔美国人。"

她大概只当我是个不开窍的。①随后她又补了一句:"我主修音乐。"

"我叫奥利弗,"我说。

"是名还是姓?"她问。

"是名,"我回答以后,又老老实实供认我的全名是奥利弗·巴雷特。(反正这样说也八九不离十了。)

"哦,"她说。"巴雷特? 跟那位诗人②同姓?"

"对,"我说。"不过扯不上关系。"

话说到这里停了一下,我内心暗暗庆幸她总算没有问常人之所问,问得我满心不快:"巴雷特? 跟那个堂名一样?"因

---

① 因为詹尼弗是英美人的常见名字,卡维累里是意大利姓氏,很容易辨得出来。
② 指英国女诗人伊丽莎白·勃朗宁夫人(1806—1861),她娘家姓巴雷特。

为，我一向有块特殊的心病，最怕人家把我跟出资兴建巴雷特堂的那一位拉上关系。巴雷特堂是哈佛园里最大也最丑的一座建筑物，也可以说是显示我家财力和势派、宣扬我家"信爱哈佛"臭名的一座超巨型纪念碑。

此后，她就不大作声了。难道我们真这么快就无话可谈了？还是因为我跟那位诗人沾不上边，她就不愿理睬我了？到底什么缘故呢？看她只是坐在那儿，对我似笑非笑。为了不致没事可做，我就拿起她的笔记本翻翻。她那手字也真怪——写得又小又细，一律都是小写字体，没有一个大写字母（她是想以爱·埃·卡明斯①自居）。我见她还选了些非常"尖端"的课程：作曲学105，音乐150，音乐201——

"音乐201？那不是研究生念的吗？"

她点点头表示是，掩饰不住内心的那份得意。

"是文艺复兴时代的复调音乐。"

"什么叫复调音乐？"

"反正不是什么色情音乐，预科生。"

我干吗要受她这腌臜气？难道她不看《猩红报》②？难道

---

① 爱德华·埃斯特林·卡明斯（1894—1962）：美国诗人。哈佛大学出身。他在书写方式上标新立异，不用大写字母，自己署名 e. e. cummings。
② 哈佛大学的校报。哈佛大学的校旗是猩红色的，所以校报也以《猩红报》为名。

爱情故事 | 005

她还不知道我是谁?

"嗨,你真不知道我是谁?"

"知道,"她带点儿轻蔑的口气回答说,"巴雷特堂不就是你的吗。"

可见她并不知道我是谁。

"巴雷特堂才不是我的呢,"我抓住了她的语病。"那不过是我曾祖父捐献给哈佛的。"

"好让他那个不怎么样的曾孙能十拿九稳进哈佛!"

这简直叫人忍无可忍。

"詹尼,既然你认定我是个狗熊,那又何必硬逼我请你喝咖啡?"

她两眼对我直瞅,微微一笑。

"我喜欢你那副身板哪,"她说。

要成为一个大英雄,条件之一就是要不怕做狗熊。这话一点也不矛盾。"哈佛精神"有一个特征,就是总有本事反败为胜。

"今天球运太糟了,巴雷特。幸亏你打得出色,实在出色!"

"真是谢天谢地,大家总算挺过来了。我知道大家都

憋着一肚子气：这一仗说什么也要赢下来！"

能大获全胜,那自然更好。不过,只要有可能,能在最后一分钟赢球也很不错。那天我送詹尼回她的宿舍时,我就没有死心:我还想争取最后战胜这个自以为了不起的拉德克利夫婆娘。

"听着,你这个自以为了不起的拉德克利夫婆娘,星期五晚上达特默思①要来比冰球。"

"那又怎么?"

"那就希望你来看呗。"

她的回答流露出了拉德克利夫女生对体育比赛例有的那份"敬意":

"我凭什么要去看一场无聊的冰球比赛?"

我若无其事地应道:

"就凭上场的有我。"

接着是片刻的沉默。我想当时我连雪花飘落的声音都听见了。

"那你是在哪一队?"她问道。

---

① 达特默思指新罕布什尔州的达特默思学院。

爱情故事 | 007

二

奥利弗·巴雷特第四

（四年级学生）

马萨诸塞州伊普斯威奇人

菲利普斯·埃克塞特中学毕业

年龄：20

身高：5英尺11英寸　　体重：185磅

主修：社会学科

61年、62年、63年优秀生

62年、63年入选全艾维联①明星队一队

志愿：法律

詹尼如今该已经从"球讯"上看到我的简历了。我再三关照球队管理维克·克莱曼，务必让她得到一份。

"你也真是的，巴雷特，难道你还是头一次跟姑娘约会？"

"别胡说，维克，要不，看我不揍掉你的大牙才怪。"

我们在冰上作赛前准备时,我并没有向她挥手(那也太轻狂了),甚至连看都没有朝她看。不过她大概还以为我在偷眼看她。我是说,奏国歌的时候她摘下眼镜,总不见得是为了表示对国旗的尊敬吧?

第二节打到一半,我们同达特默思队还是0比0,不过我们已经胜券在握了。这就是说,当时我和戴维·约翰斯顿已经快要攻破对方的大门了。那帮穿绿球衣的狗杂种一看情况不妙,就撒起野来。瞧他们这势头,恐怕等不到我们破网得分,他们就会先打断我们一两根骨头也说不定哩。球迷们早在嚷嚷要"杆头见血"了。在冰球比赛中,所谓"杆头见血",是真的要打出血来,要不就得进球。我是球队的台柱,可说是义不容辞吧,所以从来就不怕打出血来,也一向总能进球。

达特默思队中锋阿尔·雷丁冲过了我方的蓝线②,我便一头向他撞去,抢到了球以后,马上长驱直入。这一下球迷叫得可凶了。我虽然瞟见戴维·约翰斯顿就在左边,不过心想还不

---

① 艾维意为常春藤。"艾维联"是美国东北部几所名牌大学组成的排他性集团,经常在集团内部举行各项校际活动,例如球类联赛等。参加"艾维联"的除哈佛外,还有哥伦比亚、耶鲁、普林斯顿、康奈尔、布朗、科尔盖特、达特默思、宾夕法尼亚等大学。
② 冰球场上有两条蓝线,把球场等分为三。

如自己带球直冲球门，因为对方那个守门的论胆量还差点儿，早在他给迪尔菲尔德队打球的时候①，就已让我给吓破了胆。可是我还没有来得及射门，对方两个后卫已经向我冲来了，我只好从球网后边绕过去，极力把球保住。结果三个人就搅作了一团，球杆一阵乱捅，不是打在挡板上，就是打在彼此的身上。碰到这样的混战，我的一贯宗旨是看见穿对方球衣的就打，狠狠地打。球儿也不知道踩在谁的冰鞋下了，反正当时我们就只知一个劲儿把对方大揍特揍。

一个裁判吹响了哨子。

"你——罚出场，两分钟！"

我抬头一看。裁判指着我呢。我？我犯了什么规，要罚我出场？

"喂，裁判，我怎么啦？"

他好像不愿意跟我多费口舌。他只管向记录台喊道："七号，罚出场两分钟"——还挥着两条胳膊做手势示意。

我争了几句，不过那也无非是球场惯例。观众总是巴不得球员不服裁判的，不管这球员犯规犯得有多显眼。裁判员挥挥手叫我走。我窝着一肚子的气，向"受罚球员席"滑去。爬进

---

① 这是说，对方守门员在进达特默思学院以前，本是迪尔菲尔德中学的冰球队队员。

栅栏，脚上的冰刀把木头地板踩得劈劈啪啪直响，可是耳边的大喇叭声音更响：

"哈佛队的巴雷特侵人犯规。罚出场两分钟。"

观众哄了起来；有几个哈佛球迷大骂那两个裁判瞎眼偏心。我却坐在那儿，只想缓过这口气来，头也不抬，连冰场上的比赛都不看——这会儿球场上达特默思队正在以多打少呢。

"你的队友都在场上打球，你却坐在这儿干吗呀？"

那是詹尼的声音。我不理她，只管给我的伙伴鼓劲儿。

"加油呀，哈佛队，把球抢过来！"

"你做错什么事啦？"

这一回我转过身去答话了。不管怎么说，她可毕竟是我的女朋友啊。

"我拚得太凶了。"

说完我重又回过头来，看我的队友奋力顶住阿尔·雷丁的死命进攻，不让他射门得分。

"这很丢脸是吗？"

"詹尼，请别问这些好不好，我要用心想想！"

"想什么？"

"想想回头怎样去找那个狗杂种阿尔·雷丁算账！"我两眼望着冰场，我只能这样从精神上给我的伙伴们以支持。

"你打球这样不讲道德？"

我的目光盯住在我们自己的球门上了：这会儿球门前满是那帮绿衣杂种。我真恨不得快快回到球场上去。詹尼却还一味缠着我。

"你将来也会跟我'算账'吗？"

我头也不回就顶了她一句：

"你要再不住嘴，我这就跟你算账。"

"我走了。再见。"

等我转过身去看时，她早已不见了。我刚站起身来想看个究竟，场上却通知我两分钟的罚出场时间到。我急忙跳过栅栏，回到冰场上。

见我重新登场，观众可欢迎了。有巴雷特打边锋，哈佛准能赢！不管詹尼躲在哪儿，我上场时观众的那个热火劲儿她不会不听见。既然如此，还管她在哪儿呢。

可她到底在哪儿呢？

阿尔·雷丁啪的一声，一记凶狠的射门，被我方门将把球挡出，飞传给吉恩·肯纳韦，吉恩又把球贴地传到我的前方。我跟在球的后面追去，心想倒可以抽个空子朝看台上晃一眼，看看那儿可有詹尼。我真看了。也真看见她了。她果然在那儿。

我还没有来得及回过神来，人已经一屁股坐下了。

原来有两个绿衣杂种同时撞了我，我竟然给撞翻在冰上了。老天乖乖！当时我那个窘啊，简直窘得我不敢相信。巴雷特摔倒啦！我一个刺溜滑出去，听得见那些忠心耿耿的哈佛球迷都在为我唉声叹气，也听得见那些杀气腾腾的达特默思球迷在大声叫好。

"再来一个！再来一个！"

詹尼又会怎么想呢？

达特默思队又得球围着我们的球门猛攻了，我们的守门再一次把球挡了出来。肯纳韦接球递给约翰斯顿。约翰斯顿一个长传飞送给我（我这时早已站了起来）。观众这一下真像发了狂：这次一定能得分了。我接了球马上飞也似的冲过达特默思队的蓝线。达特默思队两个后卫朝我直冲过来。

"快，奥利弗，快！给他们点厉害！"

我听到喧腾的人声中响起了詹尼的这一声尖叫。这一声叫真响到了极点。我虚晃一枪闪过了一个后卫，把另一个后卫狠命一撞，撞得他连气也透不过来。我这时立足未稳，并不仓猝射门，却把球传给在右路接应的戴维·约翰斯顿。戴维啪的一下，把球打进网里。哈佛队得分了！

我们顿时又是拥抱，又是亲吻。我和戴维·约翰斯顿，还有其他队友，大家一起拥抱、亲吻，有的还拍拍脊背，穿着冰鞋照样欢蹦乱跳。观众欢声雷动。而达特默思队里那个被我撞翻的家伙，却还坐在地上发愣。球迷们纷纷把手里的"球讯"

往冰场上扔。这一下,可真把达特默思队那帮子人打得再也爬不起来了。(这不过是个比喻而已;那个后卫缓过气来以后也就爬起来了。)结果我们一顿痛打,把他们打了个7比0。

如果我是个故作多情的人,对哈佛爱得一定要在屋里挂上一幅照片以资纪念的话,那我要挂的就不会是温思罗普楼,也不会是纪念教堂,而是狄龙。狄龙体育馆。我在哈佛如果说有个心灵上的家,那就是狄龙体育馆。我有句话可能会使内特·普西①气得要收回我的毕业文凭,不过我还是想说:在我心里威登纳图书馆可真要比狄龙差远了。我念大学的那几年,天天下午都要到狄龙体育馆;说上几句亲热的粗话跟伙伴们打过招呼,把文明的外衣一脱,我一下就变成了一个体育明星。等我把护腿护膝一套,穿上我穿惯的那件七号运动衫(我几次梦见他们取消了这个号码,可他们始终没有取消),拿了冰鞋转身出门,一路往沃森冰场走去,那时我的心里真别提有多美了!

待会儿回到狄龙,那个滋味还要妙呢。脱下了汗水淋淋的球衣,光着身子大摇大摆走到服务台跟前,要上一条毛巾。

"今天打得怎么样啊,奥利?"

---

① 内森·普西,是1953年至1971年间的哈佛大学校长。内特系内森的爱称。

"还可以,理奇。还可以,吉米。"

于是便一头钻进淋浴室,听听人家的闲扯:无非是上星期六晚上谁跟谁如何如何,劲头又有多足之类。"这批贱娘们是我们从'艾达山'①弄来的,明白了吧?……"而且我还有个特权,总可以有个清静地方想想心思。因为,感谢上天保佑,我的一个膝盖有病(对,是上天保佑:你见过我的征兵卡吗?),每次打完了球我总还得让我这个膝盖洗上个热水涡流浴。我坐在水里,望着膝盖周围旋转的水圈时,就可以数数我身上的瘀伤和疤痕(说起来我倒还很欣赏这些伤疤呢),还可以趁这机会想想什么心思,或者干脆养养神。今天晚上我就可以想想:我刚才打进了一个球,还传了个好球立了一功,这实际上就保证了我可以第三次蝉联入选全艾维联明星队。

"洗涡流浴吗,奥利?"

那是我们的教练杰基·费尔特,他还自封为我们的"精神指导"。

"费尔特,你看我这动作像在干什么,像不像在玩单干的把戏?"

---

① "艾达山",暗指艾达山学院。那是马萨诸塞州牛顿市一所不大的私立学校,专收女生。

杰基傻呵呵地咧开了嘴,格格直笑。

"知道你的膝盖毛病出在哪儿吗,奥利?知道不知道?"

东部的矫形外科专家我哪一个没有去请教过,看来他们的本领都还及不上他费尔特哩。

"你的饮食有问题。"

我可实在不大想听他的。

"你盐吃得不够。"

也许我顺着他的话说两句,他就会走开吧。

"好吧,杰克,以后我多吃些盐就是。"

天哪,他还真高兴哩!他走开了,傻呵呵的脸上那副志得意满的神气,实在叫我吃惊。不过我好歹又是独自一人了。身上有点疼了,却挺惬意的,我就由着自己的身子整个儿往涡流里沉下去,闭上了眼睛,最后就一动不动地坐在那里,热烘烘的水一直漫到了我脖子上。啊啊啊啊!

天哪!詹尼还在外边等着呢。一定的!一定还在等我哩!天哪,我赖在这儿有多久了?只顾自己舒服,却让她在露天喝坎布里奇①的冷风!我以创纪录的速度马上穿好衣服。连身上都没有干透,便推开狄龙的中门冲了出去。

一阵寒风扑面而来。乖乖,好冷啊。天色又黑。外边有一

---

① 马萨诸塞州东部城市,近波士顿,为哈佛大学所在地。

小群球迷还没有散。那多半是些忠实的老冰球迷、思想上从来没脱下过护腿护膝的老校友。都是乔丹·詹克斯老头一类的人物,不管我们主场迎战还是客场出征,只要有比赛他们每场必到。他们怎么会这样热心的呢?我是说,詹克斯可是个大银行家啊。他们为什么这样热心呢?

"你那一跤摔得可不轻啊,奥利弗。"

"是啊,詹克斯先生。你知道他们打起球来就是那样的邪门儿。"

我到处寻找詹尼。难道她已经走了?独自一人回拉德克利夫去了?

"詹尼?"

我撇下球迷,跑上三四步,在那一带东寻西找急得没命。冷不防她却从一棵矮树后面跳了出来。只见她整个脸儿都用围巾裹得严严的,只露出了两只眼睛。

"嗨,预科生,外边冷得要命呢。"

见了她,我这一喜真是非同小可!

"詹尼!"

我像不假思索似的,在她前额上轻轻吻了一下。

"我几时允许过你呀?"她说。

"允许什么?"

"允许你吻我?"

"对不起。我忘乎所以了。"

"我可不像你。"

那儿除了我们就几乎没有什么人了。天又黑,又冷,而且又很晚了。我又吻了她。但是不再在前额上,也不再是轻轻的了。我美美地吻了她很久很久。吻完了,她还抓住我的袖子不放。

"那我可要不乐意了,"她说。

"不乐意什么呀?"

"瞧这怪事,怎么我心里就会是这样乐意呢?"

我们索性步行回去(我有汽车,可是她要步行),一路上詹尼始终抓着我的袖子不放。不是挽着我的胳膊,而是抓着我的袖子。这里边的道理,你就自己去琢磨吧。到了布里格斯堂的大门台阶前,我并不跟她吻别。

"听着,詹,我可能有几个月不会给你来电话。"

她默然半响。足有好大半响。

最后她才问了一句:"为什么?"

"不过我也可能一回到宿舍就有电话给你。"

说完我一转身,迈开步子就走。

"狗杂种!"我听见她低声叽咕。

我在二十英尺外霍地回过身来,杀了一个回马枪。

"你瞧,詹尼,就许你骂人家,人家要骂了你,你肯罢休吗!"

我真想看看她脸上的表情如何,但是出于策略上的考虑,我没有再回过头去。

我踏进宿舍,见同房间的雷·斯特拉顿正在跟橄榄球队的两个伙伴打扑克。

"好啊,畜生们!"

他们也真以畜生那样的哼哼应了一声。

"今儿晚上战绩怎么样,奥利?"雷问。

"喂了个好球,自己也打进了一个,"我答道。

"你别老缠着卡维累里了。"

"关你屁事,"我答道。

"你们说的是谁呀?"那彪形大汉中的一个问。

"叫詹尼·卡维累里,"雷回答。"一个读音乐的酸丫头。"

"这个妞儿我倒认识,"那另一个家伙说。"十足是个死板货。"

我没理睬这些说话粗鲁的色情狂,管自拔下电话机子,打算拿到我的卧室里去。

"她是巴赫乐社里弹钢琴的,"斯特拉顿说。

"谁知道她跟巴雷特弹的是什么琴咧?"

"这根骨头,恐怕不好啃吧!"

嗯嗯声,哼哼声,嘻嘻哈哈声,响成一片。那帮畜生笑得不可开交。

我边走边说:"行啦,先生们,你们还是给我见鬼去吧。"

在又一阵猫叫狗咬般的喧笑声中,我关上了门,脱了鞋,往床上一靠,拨了詹尼的电话号码。

我们说的是悄悄话。

"嗨,詹……"

"嗯?"

"詹……我要是跟你讲了,不知道你会怎么说……"

我顿住了。她也等着。

"我想……我是爱上了你啦。"

沉默了一会儿。她随后回答的声音真温柔极了。

"我说呀……你这人尽是扯淡。"

电话挂上了。

我并不感到不快。也不感到意外。

三

我在对康奈尔队的比赛中受了伤。

说实在的,那都是我自己不好。比赛进行到了白热化的程度,我却偏偏在这个关键时刻犯了一个不幸的错误,竟把他们的中锋叫作"加拿大瘪三"。我疏忽就疏忽在忘了他们队里有四个是加拿大人——后来明白,这四个加拿大人不但个个体格强壮,而且个个绝顶爱国,偏偏又个个都正好听见了我的话。我受了伤不算,还受屈辱:裁判罚的是我。而且还罚得很不寻常:故意打人,罚出场五分钟!场上一宣布这个决定,你真应该来听听那帮康奈尔球迷是怎样拿我奚落的!要知道这次比赛虽是争夺"艾维联"冠军的关键之战,可是大老远赶到纽约州伊锡卡市①来的哈佛拉拉队到底不多。要罚出场五分钟哪!我爬进"受罚球员席"的时候,看见我们的教练气得在那里直扯自己的头发。

杰基·费尔特急忙翻过栅栏赶了过来。到这时我才明白原来我的右边半张脸已经给打得血肉模糊了。"哎呀,天哪天哪,"他一边拿"止血笔"给我止血,一边连连感叹。"真够呛啊,奥利。"

我默默坐着,两眼呆呆地朝前直瞪。我没有脸去看冰场,

爱情故事 | 021

可我最担心的事还是很快就在冰场上变成了现实：康奈尔队得分了。那些给主队加油的红衣球迷大喊大叫，还怪声喝彩。场上现在打平了。看这情形康奈尔队很可能会赢球——要知道赢了这场球也就是赢得"艾维联"的冠军啊。真要命！——我这罚出场的五分钟还只刚刚过了一半呢。

在冰场的另一头，势单力薄的哈佛拉拉队都愁眉苦脸，一声不吭。此刻，双方的球迷都已经把我给忘了。只有一个观众仍然把眼睛盯着"受罚球员席"。对，他在那儿。"如果会议结束得早，我一定设法赶到康奈尔。"就在哈佛拉拉队的中间，坐着奥利弗·巴雷特第三——当然，他是不会跟着拉拉队一起嚷嚷的。

老石面人隔着这鸿沟似的冰场，毫无表情地默默看着他独生子脸上的鲜血最后终于被护创膏全部止住。你说他此时在想些什么呢？也许是在暗暗咂嘴？——还是在心里暗暗嘀咕？

"奥利弗，你既然这样喜欢打架，为什么不干脆去参加拳击队呢？"

"我上的中学是没有拳击队的，爸爸。"

---

① 康奈尔大学所在地。

"咳，我恐怕真不该来看你们的冰球比赛。"

"你以为我打架是特地打给你看的么，爸爸？"

"咳，这又不是什么好看的。"

可是话得说回来，他心里的想头又有谁能知道？奥利弗·巴雷特第三只是一座会走路、有时还会开口说话的拉什莫尔山①。简直是个石面人。

老石面人此刻也许又在那里一个劲儿自夸自乐了：看看我吧，今晚到这里来看球的哈佛观众少得可怜，而我却是其中之一。我奥利弗·巴雷特第三，要管银行、要管其他等等的大忙人一个，还是特地挤出了时间，到康奈尔看一场差劲透顶的冰球比赛来了。看这有多了不起。（言下之意是：为了谁呢？）

观众又吼叫了，这次才真叫拚命狂吼了。康奈尔队又攻进了一个球。他们领先了。而我却还上不了场，还有两分钟得捱！我看见戴维·约翰斯顿满脸通红，怒气冲冲，朝我这边滑来了。可是他连一眼也没对我看，就紧贴着我冲了过去。我没看错吧，他的眼里那真是泪水？我是说，这一仗虽说锦标攸

---

① 拉什莫尔山在美国南达科他州腊皮德城郊的布拉克岭，那儿的岩壁上雕刻着华盛顿、杰斐逊、林肯和西奥多·罗斯福四位美国总统的巨型头像。

关，可是哭鼻子总不应该吧！不过再一想也难怪，我们的队长戴维，一向是球运绝佳的：七年来，不论是在中学还是在大学，凡是他参加的比赛，从来就没有输过一场。说起来竟像个小小的传奇故事呢。何况他今年是"大四"生了。更何况这场球又是我们的最后一场硬仗！

这场球我们终于输了个3比6。

比赛结束以后，经X光透视，诊断我并没有骨折，于是理查德·塞尔策医生就在我脸上足足缝了十二针。杰基·费尔特一直在医务室里打转，缠着这位康奈尔大学的校医叨叨，说我的饮食有问题，说我要是能服用足量的盐片，也不至于会弄到今天吃这样大的苦头。塞尔策医生没有理他，对我却提出了严重的警告，说是我差点损伤了"眼底"（那是个医学名词），为谨慎计，最好一个星期不要打球。我谢了他。他走了，费尔特钉着他要再谈谈营养问题，也跟了出去。好了，这下就剩我一个人了。

我慢慢洗着淋浴，小心翼翼，不让水冲着了我受伤的脸。奴佛卡因的麻醉作用渐渐不管事了，可是说也奇怪，我倒宁愿感到疼痛。因为你想想，我今天捅的娄子难道还不大吗？我们把冠军丢了，大家一直那么好的运气这一下全砸了（我们一些"大四"生都是四年来从没输过一场球的），连戴维·约翰斯顿的好运气也完了。尽管过错也许并不完全在我,然而当时我却觉得仿佛事情都该由我负责似的。

更衣室里一个人影也没有。大伙儿一定都已经上汽车旅馆了。大概他们谁也不想见我、谁也不想跟我讲话了吧。我忍着嘴里这股苦得要命的味儿——我心中难得连嘴里都觉得有股苦味了——收拾好衣物,往外走去。纽约州北部的荒野上寒风凛冽,盘桓未去的哈佛球迷寥寥可数。

"脸伤得厉害吗,巴雷特?"

"没问题,谢谢你,詹克斯先生。"

"你恐怕应该来一块牛排呢,"响起了另一个熟悉的声音。说这话的是奥利弗·巴雷特第三。叫人用这种古方来治打肿的眼睛①,这话也真只有他才说得出来。

"谢谢你,爸爸,"我说。"医生已经给治过了。"我还指了指塞尔策医生在缝十二针处给我敷上的纱布块。

"我是说让你吃牛排呢,孩子。"

吃晚饭时,我们照例又作了一次话不投机的谈话。这一套永远循环不息的谈话,每次总以"你这一阵子过得怎么样啊?"开头,以"有什么事要我帮忙吗?"结束。

---

① 是指在打肿的眼眶上贴一块生牛排。

"你这一阵子过得怎么样啊,孩子?"

"很好,爸爸。"

"脸上疼吗?"

"不疼,爸爸。"

其实伤口这会儿已经疼得要命了。

"我想下星期一让杰克·韦尔斯给你看一看。"

"不必了,爸爸。"

"他是一位专家——"

"康奈尔的校医也未必就是兽医。"我这样说,为的是想杀一杀父亲照例只相信专家名医之类"权威人士"的那股势利劲儿。

"真是不幸啊,"——我听到奥利弗·巴雷特第三这句话,起初还以为他说了句幽默话呢——"看你伤成这模样,简直不像人样了。"

"是的,爸爸。"(我是不是还应该嘻嘻一笑?)

可是接下来再一想:我父亲这句蹩脚的俏皮话莫非是一种含蓄的责备,对我今天在冰场上的举动有谴责之意?

"你的意思也许是说我今儿晚上的表现活像一头野兽吧?"

看他的表情,似乎我开口一问倒使他觉得相当高兴。不过他只是回答了一句:"提到兽医的可是你。"话说到了这个地步,我就决定埋头研究菜单,不再搭腔了。

上了主菜以后,老石面人照例又发表了一通他那种简单化的说教,回想起来(我实在不大愿意去回想),这一回他论的是胜败之道。他指出,我们已经把冠军给丢了(你很了解情况嘛,爸爸),但是球赛球赛,真正重要的毕竟不是赢球,而是比赛。他的话听起来似有在解释奥运会的大会宗旨之嫌,我意识到这只是个开场白,接下来他就要大谈其区区"艾维联"冠军又何足道哉了。但是我不打算让他把话头转到奥运会上去,所以我照例只给他必要的回答:"是的,爸爸,"此外便一言不发。

我们把那老一套的话题都一一点到,中心总是老石面人所念念不忘的那个无聊主题: 我的前程。

"告诉我,奥利弗,法学院有消息吗?"

"说实在的,爸爸,要不要进法学院我还没有作出正式的决定呢。"

"我只是问法学院是不是已经作出正式的决定准备收你。"

这又是一句俏皮话吗?对父亲这种绝妙的口才,我是不是应该报以一笑呢?

"还没有,爸爸。还没有消息。"

"我可以给普赖斯·齐默曼打个电话——"

"别!"我连想都没想,立刻打断了他的话。"请别这样做,爸爸!"

"不是去施加影响,"奥利弗·巴雷特第三一副十分刚正的样子,"只是去问一问。"

"爸爸,我要跟大家同时一起收到录取通知。请千万别这样做。"

"对对,这个自然。那好吧。"

"谢谢你,爸爸。"

"再说,其实你录取也不会有多大问题,"他又补上一句。

不知道为什么,我总觉得奥利弗·巴雷特第三连说句夸奖的话都有一种指责我的味道。

"这也不一定,"我回答说,"他们那儿可毕竟没有一支冰球队。"

我也不知道我为什么要这样贬低自己。也许是因为故意要反其道而行之吧。

"你还有别的特长呢,"奥利弗·巴雷特第三说,却没有作进一步的说明。(我看他也未必说得上来。)

饭菜就跟谈话一样乏味,区别只有一点,就是:面包卷在端上来之前我就料得到定是不新鲜的,而父亲若无其事端到我面前来的会是什么话题,我就别想料得到。

"何况我们好歹总还有个和平队①呢,"他这句话,就是大出冷门。

"什么?"我吃不准他这到底算是在发表意见呢,还是在提出问题。

"我看和平队很不错,你说呢?"他说。

"这个嘛,"我答道,"当然要比战争队好吧。"

这一下我们打成了平手。我不知道他的用意,他也摸不清我的心思。难道这就是他要谈的话题?那接下去不就得大谈其天下大事或者政府纲领了吗?才不会呢。你瞧,我怎么一时竟会忘了:我们最最基本的话题可始终是我的前程。

"你要是参加和平队的话,我是决不会反对的,奥利弗。"

"你要是参加的话我也不会反对的,爸爸,"我回答的口气之大方,足可同他旗鼓相当。我知道我说的话老石面人反正是从来不听的,所以,看到他对我这句不太明显的小小的挖苦话并无反应,我也不觉得奇怪。

"可是你的同学呢,"他又接下去说,"他们的看法怎么样?"

---

① 和平队是60年代初美国成立的一个组织,隶属于国务院。任务是把一些"受过特别训练"的美国人派往发展中国家,执行美国的"援助计划"。

爱情故事 | 029

"怎么?"

"他们是不是觉得成立和平队是他们生活中的一件大事呢?"

我想父亲准是像鱼儿需要水一样需要听到这句话:"是的,爸爸。"

连苹果派都走了味了。

十一点半左右,我送他上了汽车。

"有什么事要我帮忙吗,孩子?"

"没什么事,爸爸。再见,爸爸。"

他于是就开车走了。

不错,在波士顿和纽约州伊锡卡市之间有的是班机,但是奥利弗·巴雷特第三却宁愿自己开汽车。倒不是自己开上这好几个钟头的车可以表一表做老子的心。我父亲就是喜欢开车。开飞车。特别是在这样的夜半时分,驾上一辆阿斯顿·马丁DBS型轿车①,那个飞车开起来才叫绝呢。我看得出奥利弗·巴雷特第三是一心想要打破他的伊锡卡—波士顿车速纪录,他原来的纪录是在上一年我们击败康奈尔队夺得冠军后创造的。我明白他这心思,因为我看见他瞧了瞧手表。

---

① 一种制造工艺极讲究的英国汽车。

我接着就回汽车旅馆去给詹尼打电话。

这是那天晚上唯一的美妙时刻。我把打架的事统统给她讲了（只是略而不谈开战的原因究竟何在），我觉得出来的：她听得可津津有味了。这也难怪，她那帮读音乐的酸朋友打人的极少，挨打的也不多。

"那个揍你的家伙，你总该跟他算账吧？"她问。

"算！彻底清算！给了他一顿厉害的。"

"可惜我没有亲眼看到。等你们跟耶鲁队比赛的时候，你大概总还会把哪个家伙揍一顿吧？"

"嗯。"

我微微一笑。她多么喜爱生活中的那些小事情啊。

四

"詹尼就在楼下电话间里。"

这是服务台管总机的那个姑娘对我说的,尽管我还没有告诉她我是谁,也没有说明那天(星期一)晚上我到布里格斯堂来找什么人。我很快就得出结论:这意味着形势对我有利。很明显,招呼我的那个拉德克利夫女学生是《猩红报》的读者,知道我是谁。这种事情以前有过多次,那倒没什么。更重要的是这样一个事实:詹尼说起过她跟我有约会。

"谢谢,"我说。"那我就在这儿等一会。"

"对康奈尔的那场球太气人了。《猩红报》说有四个家伙打了你。"

"嗯。可反倒是我被罚出了场。而且一罚就是五分钟。"

"就是嘛。"

一个朋友和一个球迷的区别就在于:同球迷交谈,话很快就说完了。

"詹尼的电话还没打好?"

她查了一下交换机,回答说:"没有。"

詹尼究竟在跟什么人通话,竟然不惜占用原定同我约会的时间?是不是哪一个学音乐的书呆子?我并非不知道有个名叫马丁·戴维森的,是亚当斯楼的四年级学生、巴赫乐社管弦乐队的指挥,此人自以为有赢得詹尼青睐的特权。可是想要把詹尼占为己有是做梦;我看这家伙顶多只有摆弄指挥棒的本领。不管怎样,我得制止这种侵占我的时间的行为。

"电话间在什么地方?"

"在拐角那儿。"她说着朝那个方向一指。

我徐步走进穿堂,老远就能看见詹尼在通电话。她没有把电话间的门关上。我慢腾腾走过去,一副漫不经心的样子,希望她会看到我,看到我脸上的绷带,看到我伤成这样,希望她会感动得把电话砰的一扔,马上扑到我怀里来。再走过去,我已听得见通话的只言片语:

"对。那当然!一定这样。哦,我也一样,菲尔。我也爱你,菲尔。"

我站住了。她在跟谁说话?这人不是戴维森——他的姓名从头到尾都没有菲尔两个字。我早就查过哈佛的花名册:马丁·尤金·戴维森,纽约河滨大道七十号。音乐美术高级中学毕业。从他的照片上可以看出,这人善感、聪明,体重大约比我轻五十磅。不过,我又何必为戴维森烦恼呢?事情明摆着:为了一个叫菲尔的什么家伙,戴维森和我都已被詹尼弗·卡维累里一脚踢开了,此刻她正在电话里给那个家伙送飞吻呢!

(简直令人恶心!)

我和她分手才四十八小时,居然有一个叫菲尔的混蛋已经偷偷摸到詹尼床上去了(一定是那样!)。

"是的,菲尔,我也爱你。再见。"

她挂上电话,看到了我,连脸儿也不红一红,笑嘻嘻地给了我一个飞吻。她怎么能这样耍两面手法呢?

她在我没有受伤的那半边脸上轻轻一吻。

"嗨!你的样子好吓人。"

"我受伤了,詹。"

"对方那个家伙是不是更惨?"

"嗯。惨多了。我总是把对方搞得更惨。"

我尽量把话说得恶毒,话里隐隐嵌着这样一层意思:无论哪一个情敌,要是趁詹尼对我眼不见、心不想的时候偷偷摸到她床上去,我非叫他饱尝老拳不可。詹尼拽住我的衣袖,我们一道向门口走去。

"晚安,詹尼,"服务台那个姑娘跟她打招呼。

"晚安,萨拉·简,"詹尼应了一句。

我们走到外面,在刚要跨上我那辆 MG 牌跑车①时,我猛吸了一口晚间的空气,尽可能装得漫不经心似的问:

---

① 这种汽车原是体育比赛用车,最早由英国 Morris Garages 公司制造,故称 MG 牌汽车。

"呃,詹……"

"嗯?"

"呃——菲尔是谁?"

她一面坐进汽车,一面若无其事地回答:

"我爸爸。"

我才不信这样的鬼话。

"你管你爸爸叫菲尔?"

"那是他的名字。你是怎样称呼你爸爸的?"

詹尼曾经告诉我,她是她父亲抚养长大的,她父亲干的大概是面包师之类的行当,在罗德艾兰州的克兰斯顿。詹尼还很小的时候,母亲就死于车祸。这些都是她在解释为什么她没有驾驶执照时告诉我的。她父亲在其他任何方面都是"一个大好人"(她的原话),可就是迷信得要命,说什么也不让他的独生女儿开车。这一点在詹尼念中学的最后几年确实曾造成不便,因为当时她跟远在普罗维登斯①的一个人学钢琴。不过,那几年她利用乘长途汽车的时间,居然把普鲁斯特②的作品全读完了。

---

① 罗德艾兰州首府。
② 马塞尔·普鲁斯特(1871—1922),法国小说家,代表作为反映法国贵族沙龙生活、描写主人公潜意识活动的长篇小说《追忆似水年华》,有七卷之多。

"你是怎样称呼你爸爸的?"她重复了一遍。

我想得走了神,因而没有听清她的问题。

"我的什么?"

"你提到令尊大人的时候使用什么名称?"

我答以我一直很想使用的那个名称。

"王八蛋。"

"当他的面?"詹尼问。

"我从来没有见过他的真面目。"

"他戴着面具?"

"也可以这么说。石头面具。地地道道的石头面具。"

"你算了吧——他一定自豪得不得了呢。你是哈佛的体育明星嘛。"

我看了看詹尼,心想:她毕竟不知底细。

"当年他也是,詹尼。"

"名气比全艾维联队的边锋还大?"

詹尼这样欣赏我在运动场上的知名度,我是再高兴不过的了。遗憾的是,把我父亲的情况告诉了她,我自己就势必得相形见绌了。

"他参加过一九二八年奥运会的单人双桨赛艇比赛。"

"天哪,"詹尼说,"他得了冠军没有?"

"没有,"我答道。她当时大概也看得出来:我父亲在决赛中只取得第六名,倒反而使我心情舒畅了些。

接着出现片刻冷场。这下詹尼也许该明白了:身为奥利弗·巴雷特第四,不仅仅意味着必须忍受哈佛园里那座灰色的石头建筑物,另外还意味着一种压力,迫使你非具有一副强健的体魄不可。我是说,前人在体育运动方面的建树,就像一片阴云笼罩在你——应该说我——的头上。

"可他究竟干了些什么,你要骂他王八蛋?"詹尼问。

"强我所难,"我答道。

"你说什么?"

"强我所难,"我重复了一遍。

她的眼睛睁得像碟子那么大。"你的意思是不是指乱伦什么的?"她问。

"你们有家丑就别抖给我听了,詹,我自己的就已经够我受了。"

"那你的意思是指什么,奥利弗?"詹尼问。"他究竟强迫你做什么了?"

"做'应该做的事',"我说。

"做'应该做的事'又有什么不应该的?"她大概觉得这种听来似乎自相矛盾的情况怪有趣的,所以继续追问。

我告诉她,我不喜欢家里人按照巴雷特家的传统来规划我的前程——这一点她其实应当清楚,她明明看到过我不得不在

爱情故事 | 037

姓名后面添上"第四"二字时的那副抬不起头来的样子。再说,我也不愿意每学期总得拿多少学分交账。

"就是,"詹尼的话明明白白是在挖苦我,"怪不得我看你考试得 A 也不乐意,入选全艾维联明星队也不乐意……"

"我不乐意的是他对我的要求总是那么高!"单是道出我久积心头(但以前从未说出过口)的感觉,我就已经别扭得要死,何况如今还不得不设法让詹尼了解这一切。"而每当我真的做到了,他偏又摆出一副压根儿不稀罕的架势。我的意思是说,好像他觉得我理应如此,没有什么好说的。"

"可他是个大忙人呀。他不是要经营好几家银行之类吗?"

"天哪,詹尼,你是站在我方还是站在敌方?"

"难道这是打仗?"她问。

"一点也不错,"我回答说。

"真可笑,奥利弗。"

看来她是真的不接受我的观点。我这才第一次隐约感到我们之间在教养上存在的差异。我是说,在哈佛和拉德克利夫度过的三年半光阴,基本上已经把我们都制成了那座高等学府的传统产品——目空一切的知识分子,然而,临到要承认我父亲是石头做的这一事实的时候,她偏又坚持某种意大利地中海式的陈腐观念,认为"爸爸个个爱孩子",而且毫无争论的余地。

我想举个能说明问题的例子,便把对康奈尔比赛后那次无话可谈的可笑谈话搬出来。她听了以后无疑心有所动。但是,也真见鬼,这个例子帮的却是倒忙。

"他特地赶到伊锡卡去,难道就是为了看一场无聊的冰球比赛?"

我竭力解释,我父亲做事都是形式上面面俱到,实质上却什么也没有。詹尼却还是口口声声说,他毕竟风尘仆仆远道赶去看了这样一场相对说来并不足道的球赛。

"喂,詹尼,咱们别提这件事了,好不好?"

"谢天谢地,一提起你爸爸,你就不自在了,"她答道。"这说明你并不是完人。"

"哦,这么说,你是完人喽?"

"才不呢,预科生。倘若我是完人,难道我还会跟你一起出去?"

于是我们又言归正传,一切如常了。

五

我想谈一下我们是怎么发生肌肤之亲的。

说也奇怪,我们在那么长一段时间里可始终是"河水不犯井水"。大不了就是前面已经提到过的那几次亲吻。(一次次的经过我至今都还记得点滴不漏。)这可不是我的一贯作风,因为我这人相当冲动、急躁,喜欢一蹴而就。在威尔斯利①的塔院,恐怕就有十个以上的姑娘熟悉我的脾气,要是你告诉其中任何一人,说三个星期以来奥利弗·巴雷特第四跟一位小姐天天约会,可还没有跟她睡过觉,她们一定会放声大笑,还会一本正经地追问:那位小姐究竟是不是女的。当然,实际情况也不尽如此。

我是不知道该怎么干。

请不要误解,也不要过于咬文嚼字。全部做法,我都知道,我就是克服不了妨碍我自己干这档子事儿的心情。詹尼聪明得很,我一向自以为奥利弗·巴雷特第四具有无往而不利的浪漫主义优美风度,现在我却担心这种"风度"可能吃她笑话。对,我是怕遭到拒绝。可我也怕对方出于一些不足为训的原因而就把我接受下来。我想说又说不清的是：我对詹尼弗产生了异样的感情，而又不知道该怎么表白，甚至不知道该找谁商量。（后来她对我说："你应当找我嘛。"）我只知道我产生了这样的感情。对她。对她整个儿人。

"这次考试你恐怕要过不了关了，奥利弗。"

那是一个星期天的下午，我和詹尼弗一起坐在我的房间里看书。

"奥利弗，照你这样坐在那里就一味看我读书，这次考试你恐怕要过不了关了。"

"我没在看你读书。我在读我自己的书。"

"扯淡。你在看我的腿。"

"只是偶尔瞟上一眼。读一章书瞟一眼。"

"你那本书分章分得好短哪。"

"听我说，你这个自作多情的婆娘，你可并没有美到那种程度！"

"我知道。可你要认为我已经美到了那种程度，我有什么办法？"

我丢下书本，走了过去，来到她坐着的地方。

"詹尼，看在基督分上，你说说，当我每秒钟都巴不得和

---

① 威尔斯利是美国马萨诸塞州东部一所私立女子大学。

你好好亲热亲热的时候,我哪还有心思读约翰·斯图尔特·穆勒①的著作?"

她皱眉蹙额。

"哦,奥利弗,求求你好不好?"

我猫腰蹲在她的椅子旁边。她又低头看她的书了。

"詹尼——"

她轻轻合上了手中的书,把书一放,伸出双手,捧住了我的脖子。

"奥利弗,求求你好不好?"

事情一下子就发生了。一切的一切。

我们的第一次交欢跟我们的第一次交谈恰恰相反。这一次,一切都是那么从容、那么温柔、那么委婉。我从来没有意识到真正的詹尼竟会是这样——竟会是这样体贴,她的抚摩是那么轻柔,那么温存。然而,真正使我震惊的还是我自己的反应。我也报之以轻怜蜜爱。那真正的奥利弗·巴雷特第四难道是这样的?

既然"河水不犯井水",我自然也从没见到过詹尼的羊毛衫会多解开一颗扣子。因此,当我发现她脖子上还套着个小小

---

① 约翰·斯图尔特·穆勒(1806—1873),英国哲学家、经济学家、逻辑学家。

的金十字架时，不免有点儿感到意外。挂十字架的是那种怎么也解脱不开的链子。这就是说，在我们两情缱绻时，她仍然戴着十字架。那个销魂的下午曾有片刻歇息，就在我觉得什么都那样可心而又什么都不在我心上的那种时刻，我摸了一下那个小十字架，当时就问她：她的神父要是得知我们同卧一床等事，不知会怎么说？詹尼回答说，她没有神父。

"你是不是一个笃信天主教的好姑娘？"

"唔，我是个姑娘，"她说。"而且是个好姑娘。"

她看着我，等我加以确认。我笑了笑，她也还我一笑。

"这么说，三条之中占了两条。"

接着我又问她为什么要戴十字架，而且链子居然还是焊死的。詹尼解释说，那是她母亲的；她戴着是基于感情上的原因，而不是宗教上的原因。

"嗨，奥利弗，我对你说过我爱你没有？"詹尼问。

"没有，詹。"

"你为什么不问我呢？"

"说老实话，我没敢问。"

"那你现在问我吧？"

"你爱我吗，詹尼？"

她看着我，回答说：

"你说呢？"但她的表情却不是躲躲闪闪的。

"我估计是爱的。想必如此。"

我吻了吻她的脖子。

"奥利弗!"

"唔?"

"我不光是爱你……"

哦,天哪,这话怎么讲?

"我还非常非常爱你,奥利弗。"

六

我喜欢雷·斯特拉顿。

他也许不是个天才,也不是个了不起的橄榄球运动员(他传球的动作比较慢),但他一直是我同房间的好伙伴和忠实的朋友。在我们念"大四"那年的大部分时间内,也真够难为这可怜虫的。每当他看到我们房间的门把上挂着领带时(这是表示"内有活动"的传统暗号),你叫他上哪儿去学习呢?诚然,他学习并不太用功,但有时候总也得抱一下佛脚吧。就算他可以利用本系的阅览室,或拉蒙特图书馆,甚或上皮埃塔俱乐部去看书。但是,有好些个周末的晚上,詹尼和我决定违反校规在一起过夜,那时叫可怜的雷睡到哪儿去呢?他只得东奔西走找地方凑合一宿,譬如权且躺在邻室的沙发上等等(假定邻室朋友自己不用的话)。好在那时橄榄球赛季已经过去。再说,要是为了他,我也会作出这样的牺牲的。

然而,雷得到了什么报答呢?想当初,我每次在情场上得手,就会把全部细节一五一十统统告诉他。到如今,他的这种作为室友照例不可剥夺的权利非但得不到承认,连詹尼已是我的情人我都从来不老老实实认账。我只告诉他我们什么时候需要占用房间,或者要如何如何,如此而已。斯特拉顿心里爱怎么想,就让他去想吧。

"我说,巴雷特,你他妈的到底干上了没有?"他有好几次这样问过。

"雷蒙德,作为朋友,我要求你别问。"

"可是,妈的,你说说,巴雷特,已经有多少个下午、多少个星期五晚上和星期六晚上了!你他妈的一定干上了。"

"那你又何必再问我呢,雷?"

"因为这不正常。"

"什么不正常?"

"这个局面压根儿就不正常,奥尔。我是说,过去可从来不是这个样子。我是说,像这样对我老雷封锁消息,一点细节也不透露,实在没有道理。不正常。妈的,她到底有些什么魔法,这样厉害?"

"听我说,雷,成熟的爱情……"

"爱情?"

"你不要用这样的口气说话,好像这是个脏字儿似的。"

"你这点年纪?爱情?妈的,我可实在为你担心,老弟。"

"担心什么?担心我神经错乱?"

"担心你的光棍儿还打得成不。担心你能不能自由自在。担心你的日子还过不过!"

可怜的雷。他确实并非说说而已。

"担心你将失去一个室友,是不是?"

"扯淡,说起来我倒还多了一个呢!她不是整天泡在这儿吗?"

我正在打扮自己,准备去听一场音乐会,因此得赶快结束这次对话。

"别着急,雷蒙德。将来咱们到纽约去租上那么一套房间。妞儿夜夜换。咱们玩儿个痛快!"

"你还要我别着急呢,巴雷特。那个姑娘把你给迷昏了。"

"情况一切正常,"我答道。"别紧张。"我边整领带,边向门口走去。斯特拉顿还是将信将疑。

"嗨,奥利!"

"嗯?"

"你们准是干上了,是吧?"

"去你的,斯特拉顿!"

我不是约詹尼一起去听这场音乐会;我是去看她演出的。巴赫乐社在丹斯特堡演奏《第五勃兰登堡协奏曲》,由詹尼担任古钢琴独奏。当然,詹尼弹琴我已听过多次,但是从来没有听过她参加集体演奏或公开演出。上帝呀,我真感到自豪极了。我实在挑不出她在演奏中有什么毛病。

"我简直不能相信你有这样伟大,"音乐会结束以后,我对她说。

"这说明你对音乐懂得就这么多,预科生。"

"我懂得也不能算少。"

我们是在丹斯特堂的院子里。那是四月份的一个下午,那种天气使人觉得春天终于要来到坎布里奇了。她的乐友们都在附近散步(其中也有马丁·戴维森,他不时向我这边投来无形的憎恨的"炸弹"),因此我不能跟詹尼展开键盘乐器方面的专题讨论。

我们穿过纪念大道,沿着河边漫步。

"巴雷特,别说傻话了好不好?我弹得还可以,但算不上伟大。甚至够不上'全艾维联'的水平。只是还可以。就这样,OK?"

既然她要贬低自己,我又有什么可争的?

"OK。你弹得可以。我只是说,你得一直坚持下去,别松劲。"

"我的老天爷,谁说我不想坚持下去啦?我还打算去师从纳迪亚·布朗热①呢,你不知道?"

---

① 纳迪亚·布朗热(1887—1979),法国女作曲家、指挥家、巴黎音乐学院教授。

她在说什么混账话？看她陡地把话煞住的样子，我意识到这是她本来不想提及的。

"师从谁？"我问。

"纳迪亚·布朗热。一位著名的音乐教师。在巴黎。"最后那句话她说得相当快。

"在巴黎？"我问的语调却拖得相当长。

"她很少收美国学生。我运气好。我还得到了一笔可观的奖学金。"

"詹尼弗，你要去巴黎？"

"我从来没有到过欧洲。我真想尽快去看看。"

我抓住她的双肩。当时我的动作有些粗暴，恐怕也难说。

"嗨，这事你藏在心里有多久了？"

詹尼生平第一次不敢跟我四目对视。

"奥利，别傻了，"她说。"这是不可避免的。"

"什么不可避免？"

"咱们毕业以后总要分道扬镳的。你要进法学院——"

"等一下，你在说些什么呀？"

现在她和我四目对视了。她的神色悒郁。

"奥利，你是个候补百万富翁，而我在社会上的身价却等于零。"

我还紧紧抓住她的肩膀不放。

"那又怎么样呢?干吗要扯到分道扬镳上去?现在咱们在一块儿,不是挺幸福吗。"

"奥利,别傻了,"她又说了一遍。"哈佛就像圣诞老人的百宝袋。什么稀奇古怪的玩具都可以往里边塞。可是等过完了节,人家就会把你抖出来……"她迟疑了一下。

"……你原来是哪儿的,还得回哪儿去。"

"你是说,你要到罗德艾兰州的克兰斯顿去烤大饼?"

我一时情急,说话不顾分寸。

"做糕点,"她说。"你别拿我的父亲开涮。"

"那你就别离开我,詹尼。我请求你。"

"我的奖学金还要不要?我自出娘胎以来还没去过的巴黎还去不去?"

"咱们的婚事还办不办?"

这话是我说的,可是乍一听来,我还真不敢相信这话是我亲口说的。

"谁说过要办婚事啦?"

"我。是我这会儿在说。"

"你要跟我结婚?"

"对。"

她把头抬起一点点,并不笑,只是问:

"理由呢?"

我直盯着她的眼睛。

"当然有我的理由，"我说。

"哦，"她说。"这倒是个很充分的理由。"

她挎住我的胳臂（这回没有拽我的衣袖），于是我们就沿着河边走去。说真的，此刻我们已经用不到再说什么了。

七

从米斯提克河大桥到马萨诸塞州伊普斯威奇镇,汽车大约要开四十分钟,可那也要看天气好坏,看驾驶技术如何而定。事实上,我有时只开二十九分钟就到了。波士顿赫赫有名的银行家某公说他开得还要快,不过,谁要是说从大桥驱车到巴雷特公馆用不到三十分钟,那到底是事实还是幻想,也就很难辨别了。我可认为二十九分钟已经是极限了。我是说,对一号公路①上的那些红绿灯总不能置之不理吧?

"你这车简直开得像发疯一样,"詹尼说。

"这儿是波士顿,"我答道。"谁的车都开得像发疯一样。"就在这时一号公路上亮起了红灯,我们的车停了下来。

"你爸妈还没有来得及要咱们的命,看你先要把咱们的命给送了。"

"听我说,詹,我的爸妈都是和气人。"

换绿灯了。不到十秒钟,我这辆MG牌跑车就已开到了时速六十英里。

"连那个王八蛋也是?"她问道。

"谁?"

"奥利弗·巴雷特第三呀。"

"噢,他可是个好人。你一定会打心里喜欢他的。"

"你怎么知道?"

"大家都喜欢他,"我答道。

"那你怎么不喜欢他?"

"就因为大家都喜欢他啦,"我说。

说真的,我又干吗要带詹去见他们呢?我是说,难道我就真有必要一定要去求得老石面人的祝福什么的?她自己要去,当然是一个原因("那是世道常情啊,奥利弗"),可另外还有一个原因,说来其实也很简单,那就是奥利弗第三是我那个最最广义的所谓经济后盾:我那要命的学费得由他来支付。

要去总得在星期天吃晚饭的时候去吧?我是说,这样才合乎礼仪,对不对?星期天,偏偏那些不会开汽车的家伙都挤在一号公路①上,挡了我的道儿。从大路上一拐弯,我转到了格罗顿街上。我从十三岁起,拐这个弯一直是不减速的。

"这儿怎么没有房子,"詹尼说,"只看见树。"

"房子都在树的后面哪。"

在格罗顿街上行驶一定要非常小心,否则就会错过通往我们家的那条小路。事实上,那天下午我自己就错过了。我冲出

---

① 一号公路:北起美加边境、南迄佛罗里达最南端的美国东部一条公路干线,贯穿十四个州,其中包括马萨诸塞州。

了三百码远,才咯吱一声把车煞住。

"我们到了哪儿啦?"她问道。

"开过头了,"我咕哝了一声,少不得还骂了几句。

我倒过车来,开了三百码回头路,才到我们家的大门口,这是不是有一点象征的味道呢?总之,一踏上巴雷特家的土地,我就把车速放慢了。从格罗顿街转角到多弗庄正宅至少也有半英里路。一路上你还得经过一些其他的……楼堂之类吧!我想,要是你第一次看到的话,你一定会觉得那是相当有气派的。

"乖乖,我的天哪!"詹尼说。

"怎么回事,詹?"

"往路边靠靠,奥利弗。不跟你开玩笑。快把车停下。"

我把车停下。她显得紧张极了。

"嘿,真没想到府上是这样的气派。"

"什么气派?"

"这样的富贵气派。我是说,住这么个地方,你们准还有奴隶侍候吧!"

我想伸过手去抚摩她,可是我的手掌心是汗津津的(这种情况确实少见),所以我就只好用话来安慰她了。

"别这样,詹。没什么了不起的。"

"我知道,可不知怎么,我突然觉得,要是我名字叫艾比格尔·亚当斯①,或者是个名门闺秀,那就好了。"

我们默默无言地驶完了剩下的一段路,停好了车,走到前门口。在按过门铃等候开门的时候,詹尼挺不住,终于在这最后关头慌起来了。

"咱们还是逃吧,"她说。

"咱们要留下来战斗,"我说。

我们俩是不是有哪一个在说笑话呢?

开门的是弗洛伦斯,她是巴雷特家的一个忠心耿耿的老仆。

"啊,是奥利弗少爷,"她招呼我说。

天哪,叫我奥利弗少爷,我真恨死了!我恨透了这种把我和老石面人截然分清的隐隐含有贬义的称呼。

弗洛伦斯告诉我们,爸爸妈妈正在书房里等着。一路往里走就得经过不少肖像,詹尼看到一些肖像吃了一惊。不仅仅是因为其中有些是约翰·辛格·萨金特②的作品(特别是奥利弗·巴雷特第二的那幅画像,有时还在波士顿博物馆里展出呢),主要还是因为她这才明白:我家的祖先并不全都是姓巴

---

① 艾比格尔·亚当斯(1744—1818):美国第二任总统约翰·亚当斯的妻子,第六任总统约翰·昆西·亚当斯的母亲。
② 约翰·辛格·萨金特(1856—1925):美国肖像画家,以画英、美社会上层人士的肖像著名。

雷特的。巴雷特家还出过一些了不起的女流，许配给了好人家，生下过巴雷特·温思罗普、理查德·巴雷特·修厄尔一类的人物，甚至还有个艾博特·劳伦斯·莱曼，他凭着一股冲劲闯过了艰难的世途（也闯过了那与之隐约相似的哈佛），成了个化学家，得了奖，而他的姓名当中就压根儿没有嵌上一个巴雷特！

"我的天，"詹尼说。"哈佛那些大楼上的名字，倒有一半在这儿呢！"

"不值一个屁，"我对她说。

"我没想到修厄尔船馆①跟你们也有关系，"她说。

"是啊。我家的祖上世世代代反正不是木头也就是石头。"

在那一长排画像的尽头，就在进书房的拐角那儿，摆着一只玻璃柜子。柜子里都是奖品。体育比赛的奖品。

"真漂亮，"詹尼说。"我还从来没有见过这样活像真金、真银的奖品呢。"

"那都是真金真银的。"

"唷。是你的？"

---

① "船馆"是哈佛大学校园内的一座建筑。此词又有"造船世家"之意。"修厄尔造船世家"疑即指美国造船商阿瑟·修厄尔（1835—1900）家族。

"不。是他的。"

奥利弗·巴雷特第三在阿姆斯特丹的奥运会上没有得奖,这是有案可查、无可争辩的。不过,他在其他一些运动会上取得过划船比赛的重大胜利,那也一点不假。还不止一两次呢。不,次数可多了。这一切的证据,如今都擦得亮亮的,展现在詹尼弗的眼前,看得她眼花缭乱。

"克兰斯顿保龄球联赛发的玩意儿哪有这样好啊!"

接着,她大概是为了安抚我:

"你也有奖品吗,奥利弗?"

"有。"

"也陈列在某个柜子里?"

"在楼上我自己房里。都塞在床底下。"

她对我做了个标准的"詹尼式"迷人表情,悄声说:

"回头咱们去看看,好不好?"

我还没来得及回答,也还没来得及揣摩一下詹尼要上我卧房去看看的真正动机到底何在,就有人来打岔了。

"啊,你们好!"

干八蛋!是那个干八蛋!

"哦,你好,爸爸。这位是詹尼弗——"

"啊,你好!"

我还没来得及介绍完,他已经在跟詹尼弗握手了。我注意到他今天并没有穿他那种"银行家服"。可不,奥利弗第三身上穿的是一件花哨的开司米猎装。平日板得像岩石一样的脸上,还带着狡诈的笑容。

"请进来见见巴雷特太太。"

又是个平生只此一遭的紧张时刻在等待着詹尼弗:要见见"醉姑娘"艾莉森·福布斯·巴雷特。(我有时碰到心里不痛快,就会想:要不是她混到像今天这样,成了个专门热心做"好事"的博物馆理事,她这个寄宿生时代的绰号真不知会给她造成什么样的影响呢。)只要查一查履历,就可以知道"醉姑娘"福布斯根本没有念完大学。在念二年级的那年,她离开了史密斯学院,在父母的大力赞助下,嫁给了奥利弗·巴雷特第三。

"那是我妻子艾莉森,这位是詹尼弗——"

他已经把介绍的任务抢过去了。

"卡累维里(Calliveri),"我接口说,因为老石面人不知道她姓什么。

"卡维累里(Cavilleri),"詹尼彬彬有礼地纠正说。原来我把这个姓念错了——从来不念错的,偏偏就错了这一生中唯一的一次。

"就跟《卡伐累里·罗斯蒂卡那》(Cavalleria Rusticana)

的第一个词一样①?"我母亲问道,大概是要证明她虽然没有大学毕业学历,可还是有相当文化修养的。

"对。"詹尼对她笑笑。"不过扯不上关系②。"

"啊,"我母亲说。

"啊,"我父亲说。

我一直在捉摸他们是不是领会了詹尼的那份幽默,这时只好也跟着应了一声:"啊?"

母亲和詹尼握了手,彼此照例客套了一番(我家里的人总是脱不出这个俗套,永远没有一点长进),之后我们就坐了下来。大家都沉默无言。我暗暗体察了一下当时的形势。不用说,母亲一定是在品评詹尼弗,细细观察她的服饰(今天下午可不是那么落拓了)、她的仪态、她的风度、她的口音。可是糟糕,即使是她最斯文的谈吐,也难免露出了克兰斯顿的腔调。詹尼大概也在品评母亲。我听说,姑娘家都是这样的。据说,要知未来的丈夫如何,只要先看看婆婆。说不定她还在品评奥利弗第三。她注意到父亲长得比我还高吗?她喜欢老石面

---

① 《卡伐累里·罗斯蒂卡那》系歌剧名《乡村骑士》的音译。《乡村骑士》是意大利作曲家皮埃特罗·玛斯卡尼(1863—1945)的代表作。詹尼的姓氏与这部歌剧的意大利文原名第一个词只是近似,实际并不是一个词。
② 詹尼这里用的,是她初次遇见奥利弗时奥利弗对她说的原话。当时她问奥利弗是不是跟诗人巴雷特同姓,奥利弗就用这话回答了她。因为《乡村骑士》不是个人名,所以詹尼这话带一些玩笑的意思。

爱情故事 | 059

人的开司米猎装吗?

奥利弗第三的火力,不用说,还是集中在我的身上,就跟往常一样。

"你这一阵子过得怎么样啊,孩子?"

别看他还得过罗得斯奖学金①,他谈话的本领可实在差劲。

"很好,爸爸。很好。"

作为机会均等的一种表示,母亲则招呼詹尼弗。

"一路上坐车还舒服吧?"

"是的,"詹尼答道,"又舒服又快。"

"奥利弗车开得挺快,"老石面人插进来说。

"还没有你开得快呢,爸爸,"我顶了一句。

看他怎样回答?

"嗯——也是。你说得也是。"

不是才怪呢,爸爸。

母亲不论在什么情况下,总是向着他的,于是她就把话转到一个比较容易引起大家兴趣的话题上——大概不是音乐,就是美术吧。我没有仔细听。后来,一杯茶递到了我的手里。

---

① 根据英国人塞西尔·罗得斯(1853—1902)的遗嘱设立的奖学金,获得该项奖学金的学生可入英国牛津大学读书。

"谢谢,"我说,接着又补了一句:"我们马上得走了。"

"哦?"詹尼说。看样子他们在谈论普契尼①什么的,听到我的话,觉得有点突兀。母亲看了我一眼(这是难得的)。

"可你们不是来吃晚饭的吗?"

"呃——我们不吃了,"我说。

"是来吃晚饭的,"詹尼几乎与我同时说了完全相反的话。

"我可得回去,"我一本正经地对詹说。

詹尼看了我一眼,那意思似乎是说:"你在胡扯些啥呀?"这时候老石面人发表意见了:

"你们留下吃饭。这是命令。"

他脸上那种虚假的笑容丝毫也没能减轻这道命令的分量。可我才不吃这一套呢,哪怕对方是参加过奥运会决赛的选手,我也不吃他这一套。

"我们不吃了,爸爸,"这是我的答复。

"我们得留下,奥利弗,"詹尼说。

"为什么?"我问。

---

① 普契尼(1858—1924),意大利歌剧作曲家,名作有《艺术家的生涯》、《蝴蝶夫人》、《图兰朵》等。

爱情故事 | 061

"因为我肚子饿了，"她说。

我们遵从奥利弗第三的意思，坐下吃饭了。他低下了头。母亲和詹尼也都照办。我只是略微伸了伸脑袋。

"上帝啊，蒙您赐这食物给我们使用，让我们得以服侍您，愿您让我们时刻不忘他人的贫困和匮乏。我们凭着您儿子耶稣基督的名向您祈求，阿门！"

天哪，我都羞死了。这套祷告今天难道就不能豁免一次吗？詹尼会怎样想呢？老天，这真是倒退到中世纪的黑暗时代了。

"阿门！"母亲说（詹尼也附和了，很轻很轻）。

"开球啦！"我带点打趣的口吻说。

谁也没有给逗乐。尤其是詹尼。她避开了我的眼光。奥利弗第三从桌子对面瞟了我一眼。

"打球讲究配合，为人又何尝不如此，奥利弗。"

多亏母亲有闲话家常的非凡本领，大家吃饭时才不至于完全默不作声。

"这么说，你们家是克兰斯顿人喽，詹尼？"

"多半是那儿的。我母亲是福耳河城人。"

"巴雷特家在福耳河城也有纱厂，"奥利弗第三说道。

"在那里世世代代剥削穷人，"奥利弗第四补上一句。

"那是十九世纪的事了,"奥利弗第三接着说。

母亲听了笑笑,她显然认为她的奥利弗已经胜了这一局,因此感到很满意。可是没有那么容易。

"那些工厂的自动化计划又怎么说呢?"我回他一枪。

沉默了片刻。我等着他来个狠命的反扑。

"喝点咖啡怎么样?""醉姑娘"艾莉森·福布斯·巴雷特说道。

我们回到书房里准备再战。这势必是最后一个回合的较量了:詹尼和我第二天还有课,石面人还有银行等等的业务要料理,"醉姑娘"肯定也有一些功德无量的事要在第二天清早去办。

"加点糖吗,奥利弗?"母亲问。

"亲爱的,奥利弗喝咖啡一向是加糖的,"父亲说。

"谢谢,今儿晚上不加了,"我说。"我就喝清的,妈妈。"

这样我们就都端了咖啡,舒舒服服坐在那儿,彼此根本无话可谈。我因此找了个话题。

"告诉我,詹尼弗,"我当下便问,"你对和平队是怎么个看法?"

她对我皱皱眉头,拒绝合作。

"哎,你告诉了他们没有,奥·巴?"母亲对父亲说。

"还没到时候呢,亲爱的,"奥利弗第三说,那种虚伪的谦逊口气,分明是在表示:"来问我吧,来问我吧!"于是,我就只好问他了:

"什么事啊,爸爸?"

"没什么大不了的事,孩子。"

"我真不明白,你这话怎么能那样说呢,"母亲说着,转过身来神气十足地向我发布消息(我说过母亲是向着他的):

"你爸爸要担任和平队的总干事了。"

"喔。"

詹尼也"喔"了一声,但是口气不同,有点高兴的样子。

父亲装出一副不好意思的样子,母亲似乎是在等我行个礼什么的。可我的意思是,他又不是去当国务卿!

"恭喜你,巴雷特先生。"詹尼带了头。

"是啊。恭喜你,爸爸。"

母亲巴不得谈谈这件事。

"我看这倒确实是个增长学识的好机会,"她说。

"嗳,是这样,"詹尼也同意。

"是啊,"我的口吻也显得有点儿底气不足了。"呃——对不起,请把糖缸递给我。"

八

"詹尼,他又不是去当国务卿!"

谢天谢地,我们终于又驾车回坎布里奇去了。

"不过,奥利弗,你刚才应该再热情点儿才对。"

"我不是给他道喜了吗。"

"你的器量也真够大的。"

"你倒说说看,你还要我怎么样呢?"

"唉,老天,"她回答说,"这种事,我见了就恶心。"

"我还不是一样,"我接着说。

车子开了好一会儿,两人没说一句话。可是我觉得事情有点不大对头。

"究竟什么事叫你见了就恶心,詹?"我回味了好久,才问。

"你对待你爸爸的那种讨厌样子。"

"他对待我的那种讨厌样子又怎么说呢?"

我就像打开了一罐豆子,说得更恰当点,是一罐意大利式的辣酱油①。因为詹尼在父爱问题上向我发动了全面进攻。她身上那种意大利地中海毛病全发作了。在她看来,我是多么无礼啊。

"你对他老是刺呀,刺呀,刺个没完,"她说。

"有来有往嘛,詹。你难道没看见?"

"为了要惹你的老头子伤心,你简直什么都做得出来。"

"想要伤奥利弗·巴雷特第三的心,那是做梦。"

保持了片刻奇怪的沉默,她才回答说:

"不见得,你一旦跟詹尼弗·卡维累里结了婚,恐怕就难说……"

我竭力沉住气,好不容易才把车子驶到了就近一家海味餐厅的停车场上。这时我才转过身来瞅着詹尼弗,气得像发了疯。

"那就是你的想法了?"我气势汹汹地问。

"这至少是一条吧,"她非常沉着地说。

"詹尼,你不信我爱你吗?"我嚷了起来。

"我信,"她回答说,还是那么沉着,"可是你还莫名其妙地爱我那个带有负号的社会地位。"

我想不出怎么说好,只能一口咬定说"不"。我一说再说,语气也一变再变。我是说,那时我已经心乱如麻,我甚至还考虑了她那个可怕的暗示里是不是也有那么一丁点儿道理。

---

① 本句中"豆子"(beans)还有个意思是"申斥";"辣酱油"(sauce)还有个意思是"顶撞"。

不过她也不大沉得住气了。

"我怎么好怪你呢,奥利。那还不过是其中的一条呢。因为,我自己也知道,我爱的不仅是你这个人。我还爱你那个姓名。还有拖在你姓名后面的'第四'。"

她转过脸去,我以为她大概要哭了。但是她没有哭;她把心里的话都讲出来了:

"可不管怎么说。这些也都是跟你分不开的。"

我愣在那儿好一会,看着一个"蛤蜊牡蛎"的霓虹灯招牌一明一灭。在詹尼身上有一点真叫我爱煞,那就是她能够看透我的心思,有些事情用不着我煞费苦心说出口来,她自能一目了然。这一次不也是这样吗?我确实不是十全十美的,可是我自己有勇气承认吗?天哪天哪,她可不但早已正视了我的缺点,而且也正视了她自己的缺点。天哪天哪,我感到自己多么渺小哇!

我真不知道究竟该说些什么好。

"去吃一客蛤蜊或者牡蛎好不好,詹?"

"你嘴巴子吃我一拳好不好,预科生?"

"好,"我说。

她握起拳头,轻轻地顶着我的腮帮。我把她的拳头亲了亲,正要伸手去搂她,她一伸胳膊挡住了我,像个电影里的持枪女强盗一样大吼:

"快开车,预科生。把住方向盘,加快速度开!"

我开。我开。

父亲的主要意见,是他所谓速度过快的问题。仓促。轻率。确切的话我已经记不清了,不过我很明白,我们在哈佛俱乐部一起吃午饭的时候,他那一篇说教的主题就是说我做事太急。为了给他那一套话作铺垫,他先提醒我吃饭不要急急匆匆,囫囵吞下。我也很有礼貌地提出我是个大人了,我的一举一动无需他再指正,甚至也无需他再评头品足。他表示,连世界级的领袖有时还需要听听建设性的批评呢。我领会他这句话有一层不太隐晦的言外之意,表示他在第一届罗斯福政府时代也在华盛顿干过一阵子。但是我不打算让他谈起罗斯福的旧事,也不打算让他谈起他在美国银行改革中担任了怎样一个角色。所以我就不吭声。

我前面说了,我们当时是在波士顿的哈佛俱乐部里吃午饭。(同意我父亲看法的话,应该承认我当时是吃得太快了点儿。)在那种场合,周围都是他那方面的人。他的同学、客户、崇拜者,等等。我想,如果世上真有所谓圈套的话,这就是一个圈套了。你如果认真细听,说不定还会听见有些人在喊喊喳喳说"奥利弗·巴雷特在那边",或者"那就是当年大名鼎鼎的运动员巴雷特"一类的话。

我们之间话不投机的交谈,又进行了一轮。不过这次谈话却纯粹是东拉西扯,完全不着边际,这是显而易见的。

"爸爸,你对詹尼弗怎么就只字不提呢?"

"有什么可说的呢?我们早已被你置于一个既成事实之前,不是吗?"

"可你的意见又怎么样呢,爸爸?"

"我觉得詹尼弗是挺不错的。而且像她这样出身的姑娘,能够一直读到拉德克利夫学院……"

他说这番假惺惺的同情话用意无非是回避正题。

"不要回避问题嘛,爸爸!"

"问题根本不在这位小姐,"他说,"问题在你。"

"哦?"我说。

"在你这种叛逆的行径,"他又接着说。"你造反啦,孩子。"

"爸爸,我真不明白,娶个聪明美丽的拉德克利夫学院女生,怎么也扯得上造反?要知道,她又不是什么邪门歪道的嬉皮士——"

"她也并不是十全十美的。"

啊,到了。到了那个要命的节骨眼儿上了。

"爸爸,你感到她最不称你心的到底是什么——是因为她信天主教呢,还是因为她穷?"

他略微向我凑近点儿,以近乎耳语的声音答道:

"你最喜欢她的到底又是什么?"

我可要站起来走了。我老实不客气告诉了他。

"给我留在这儿,谈话要像个男子汉的样,"他说。

"像个男子汉的样",是对什么而言呢?一个毛孩子?一个小姑娘?一只耗子?反正,我是留下来了。

王八蛋见我还坐在座位上,颇为满意。我是说,我看得出来,他一定认为他已经战胜过我多次,这一回又把我给打败了。

"我只要求你再等上一阵子,"奥利弗·巴雷特第三说。

"请说明白什么叫'一阵子'。"

"在法学院念完研究生的课程。是真心相爱,就经得起时间的考验。"

"本来就是一片真心,何必还要受什么专横的考验呢?"

我想我的含义是很清楚的。我要挺起腰杆来同他对抗。对抗他的专横。对抗他那种要控制、要支配我生活的压力。

"奥利弗!"他又部署了新的攻势。"你还是个小——"

"小什么?"我快要按捺不住了,他妈的!

"你还不满二十一岁。按法律还不是个成年人。"

"别借法律来吹毛求疵,去你的吧!"

邻桌有些顾客恐怕也听见了这句话。仿佛是对我大声嚷嚷的回敬，奥利弗第三故意以刺人的耳语冲着我说出了这样一句：

"要是你这就跟她结婚，那我就不认你。"给人听见就听见吧，也顾不得了。

"爸爸，你这脑袋瓜子能认得个屁！"

我跟他一刀两断，从此就开始了我自己的生活。

九

剩下的就是罗德艾兰州克兰斯顿城那边的事了。克兰斯顿位于波士顿之南，而伊普斯威奇则在波士顿之北，相比之下克兰斯顿离波士顿稍微远些。我把詹尼弗介绍给她未来的公婆，事情砸了（她说："那我不是要叫他们匪公匪婆①了吗？"），自此以后我一想起我还得去拜见她的父亲，心里就直打鼓。因为，这次会面我还得跟那种多情的意大利地中海毛病进行搏斗，再说詹尼又是独苗，更何况她又没有母亲，她同她父亲的关系肯定亲密到反常的程度。心理学书上写着的那种种感情的力量，统统要我去对付。

再加上一点，就是我没有一个子儿。

我是说：假设另外有那么一个奥利弗罗·巴雷托②，是罗德艾兰州克兰斯顿城里邻近街坊的一个漂亮的意大利小伙子。他来见卡维累里先生——卡维累里先生是城里一个挣钱过活的糕点大师傅。小伙子说了："我想跟你的独生女儿詹尼弗结婚。"那老头子头一句话会怎么问呢？（对巴雷托的爱情他是不会怀疑的，因为既然同詹尼要好了，就一定是爱詹尼的，这是个普遍真理。）不，卡维累里先生会提出类似这样的问题："巴雷托，你靠什么来养她呀？"

假如巴雷托告诉他说:情况正好相反,至少在今后三年里,倒是他的女儿得倒过来养他的女婿,请想想那位善良的卡维累里先生会有什么样的反应呢?那善良的卡维累里先生岂不是要把巴雷托赶出去?如果巴雷托够不上我这样的身板,岂不是还得挨老丈人一顿揍?

不这样才怪呢。

也许就是由于这样的原因,所以在五月里的那个星期天的下午,当我们沿着九十五号公路往南驶去的时候,我对路标上的限速就都悉遵不误了。可是詹尼早已喜欢上了我开惯的那种飞车,因此有一回她就埋怨说,我在限速四十五英里的地段只开到了四十英里。我告诉她车子需要检修了,她根本不信。

"再给我讲一遍吧,詹。"

耐性可不是詹尼的长处,她回答了我提出的一些傻问题,却不肯多说一遍来增强我的信心。

"再讲一遍吧,詹尼,求求你。"

"我给他打了个电话。我告诉了他。他说 OK。是用英语说的;因为,我不是给你讲了吗?你听了好像还是不大相信:他半句意大利话也不懂,顶多只会骂几句。"

---

① 原文为 outlaws,此处是双关语,含"非公非婆"、"匪公匪婆"两种意思。
② "罗"、"托"是意大利化的词尾。

"可 OK 到底是什么意思呢？"

"你是说，哈佛法学院收的研究生连 OK 的意思都不懂？"

"这可不是个法律术语，詹尼。"

她摸摸我的胳膊。感谢上帝，这下子我就明白了。不过，我还需要进一步的澄清。我一定要知道我会碰到些什么样的难题。

"OK 也可以表示'我认了'。"

她于是就大发慈悲，把她同父亲对话的细节重复了无数次。她父亲很高兴。可高兴呢。他送女儿上拉德克利夫的时候，本来就不希望女儿将来还回克兰斯顿来嫁给邻家的那个小伙子（顺便说一句，那个小伙子就在她离家前向她求过婚）。他起初不敢相信女儿的未婚夫真是奥利弗·巴雷特第四。后来他还警告女儿可不要违犯第十一诫①。

"第十一诫？是哪一条？"我问她。

"不可对你的父亲胡说，"她说。

"喔唷。"

"说完了，奥利弗。不骗你。"

"他知道我穷吗？"

---

① "十诫"是基督教的基本诫命，这里胡诌的所谓"第十一诫"即由来于此。

"知道。"

"他没意见?"

"他和你至少有这么个共同点吧。"

"不过我要是有俩钱儿的话,他还会更高兴些,是不是?"

"换了你难道就不会?"

我不作声,一路上再没有说过话。

詹尼住在一条叫做汉密尔顿路的街上,沿街长长的一排尽是木房,屋前有许多孩子,还有几棵稀稀拉拉的树。我就顺着这条街驶去,打算找一个停车的地方,心里却只觉得像到了异国他乡。首先,这里人多极了。不但孩子在玩儿,大人也都全家坐在门廊上,在这个星期天的下午,他们看来也无事可做,所以就都看着我把那辆MG牌跑车停好。

詹尼先跳下车。一到克兰斯顿,她的反应就灵敏得惊人,真像一只活泼的小蚱蜢。在门廊上闲望的人,看到了来的是谁,只差没来个齐声欢呼。原来就是卡维累里家的好姑娘啊!我听见迎接她的这一片招呼声,羞得几乎都不敢下车了。我是说,我哪有一丝一毫的条件够得上想象中那位奥利弗罗·巴雷托的档次啊。

"嗨,詹尼!"我听见一个标准的胖大娘兴高采烈地喊道。

"嗨,卡波迪卢波太太,"我听见詹尼大声回答。我下了车,觉察到人们的眼光都集中在我身上。

"嗨——这个小伙子是谁呀?"卡波迪卢波太太嚷道。这儿的人好像都没有很多心眼儿,是不是?

"他呀,没啥了不起的!"詹尼大声回答。这句话对增强我的信心却有奇效。

"是吗,"卡波迪卢波太太这话是冲着我大声说的,"可跟他一起的这位姑娘,人品实在没的说!"

"他都知道,"詹尼答道。

接着她又转过身去应付另一边的街坊。

"他都知道。"那一边的热情街坊也是好大一片。她牵着我的手(我是天堂里的生客),领我上楼,来到了汉密尔顿路一百八十九号的A室。

这真是个尴尬的时刻。

我呆呆地站在那里。只听詹尼说了声:"这是我的爸爸,"菲尔·卡维累里的手便伸到了我的跟前。他是一个快近五十岁的罗德艾兰型粗犷汉子,身高约有五英尺九英寸,体重估计一百六十五磅。

我们握了握手,他握起手来手劲很足。

"先生,你好!"

"叫菲尔,"他纠正我说,"我叫菲尔。"

"是,菲尔,"我一边回答,一边还继续跟他握手。

这又是个吓人的时刻。因为接下来卡维累里先生就把我的手一放,转身向他的女儿发出了一声惊天动地的叫喊:

"詹尼弗!"

一时间什么动静也没有。可是转眼他们就已经拥抱在一起了。抱得很紧。很紧很紧。还使劲地摇。卡维累里先生再也说不出话,只是一遍又一遍地(现在是很轻很轻地)唤着他女儿的名字:"詹尼弗。"他那个即将在拉德克利夫学院以优等成绩毕业的女儿,也只好一遍又一遍地回答:"菲尔。"

我倒真成了个多余的人。

那天下午,我受过的优良教养有一点帮了我的大忙。我从小就受到训诫,说是嘴里吃东西不可说话。既然菲尔父女俩一致行动把东西尽往我嘴里送,我当然可以不必说话了。那天我吃下的意大利糕点,分量之大肯定是破纪录的。后来我还发表了长篇议论,谈到了我最喜爱的是哪一些糕点(为了哪一方都不得罪,我每种糕点都至少吃了双份),卡维累里父女俩都听得高兴极了。

"他这个人 OK,"菲尔·卡维累里对女儿说。

这又是什么意思呢?

OK 的含义已经不需要再作解释了;我想要知道的只是,我就只有那么几个谨慎小心的动作,到底是哪一点替我博得了如此充满爱意的评价?

是我说喜欢哪几种糕点说对了吗?是因为我握手的手劲足吗?还是别的什么呢?

"菲尔,我早就跟你说过他这个人 OK,"卡维累里先生的女儿说。

"是啊,是 OK,"她爸爸说,"不过我总得自己亲眼看看。现在我看到了。奥利弗?"

他跟我说话了。

"什么事,先生?"

"叫菲尔。"

"是,菲尔,什么事?"

"你这个人 OK。"

"谢谢你,先生。我真感激。实在感激。先生,你也知道我对令嫒多么有感情。还有对你,先生。"

"奥利弗,"詹尼插嘴进来,"别这样啰里啰唆的,快把你预科生的那副该死的蠢样子收起来——"

"詹尼弗,"卡维累里先生打断了她的话,"你别骂人好不好?这兔崽子可是个客人!"

到吃晚饭的时候（那么多糕点原来只算点心），菲尔想同我认真谈谈了，谈的当然就是那个话题了。也不知他凭的是哪一条古怪道理，他认为他有办法使奥利弗第三和第四言归于好。

"我打个电话跟他谈谈，老爷子对老爷子，"他说。

"别打了，菲尔，那是浪费时间。"

"我不能在这儿坐视一个做父亲的不认儿子。我不能不管。"

"对。可我也不认他了呀，菲尔。"

"你这种话我不要听，"这下他真有点生气了。"父爱是应当珍惜，应当尊重的。那是很难能可贵的。"

"尤其在我家里，"我说。

詹尼一会儿站起，一会儿坐下，不停地忙着端菜，所以这些谈话她大半没有参加。

"你去给他挂电话，"菲尔又说了一遍。"我来跟他谈。"

"不了，菲尔。我和爸爸之间安的是一条冷线。"

"哎，我说，奥利弗，他会心软的。听我的没错儿，他会心软的。等将来上教堂的时候——"

詹尼这时正端上餐后甜食，一听到这句话，就以极其严肃的口气向她父亲喊了一声：

"菲尔……?"

"怎么,詹?"

"说到那上教堂的事儿……"

"怎么?"

"嗯——有点相反的意见,菲尔。"

"哦?"卡维累里先生应了一声,立刻得出了一个错误的结论,于是就带着歉意转过身来向我说:

"我——呃——也不是一定说非要上天主堂不可,奥利弗。我是说,詹尼弗肯定也跟你说过的,我们是信天主教的。不过我的意思是,上你们的教堂去也一样,奥利弗。我敢担保,这件婚事无论在哪个教堂里办,上帝都会降福的。"

我望了望詹尼,詹尼在通电话的时候显然没有谈过这个关键问题。

"奥利弗,"她解释道,"那么一大堆的事,不能一下子都跟他谈,怕打击太大了。"

"是怎么回事?"那个一向和蔼可亲的卡维累里先生问。"孩子,别怕打击,说吧,说吧。我不怕打击,你们有什么心事就统统倒出来吧。"

怎么偏偏就在这个当口儿,我的眼睛会瞟见了卡维累里先生餐室壁架上那个圣母马利亚的瓷像呢?

"是那个上帝降福的事儿,菲尔,"詹尼避开了他的眼光说。

"怎么,詹,怎么?"菲尔问道,他担心就要发生他最担心的情况。

"呃——有点相反的意见,菲尔,"她说。这时她看了看我,向我求援——我也竭力用眼光给她支援。

"上帝也不要?谁家的上帝也不要?"

詹尼点点头表示"是"。

"我来解释一下好吗,菲尔?"我问道。

"请吧。"

"我们俩谁也不信教,菲尔。我们也不愿意做口是心非的伪君子。"

我想,这话是我说的,所以他才忍受了。如果是詹尼说的,他也许就会给女儿一拳头。可是现在他孤立了,成了外人了。他抬不起眼来,对谁也不看。

"那好吧,"好久好久以后他才说。"那么可不可以告诉我,婚礼由谁来办呢?"

"我们来办,"我说。

他看了看女儿,想要证实一下。詹尼点点头。足见我所言不虚。

又经过了好长一阵沉默,菲尔才又说了声:"那好吧。"接下来他就问我,我是将来要做律师的,那么请问这样的婚事算不算——该怎么说？——对，算不算合法呢？

詹尼解释说，我们计划中的婚礼将由大学里的唯一神教派牧师来主持（菲尔小声说："啊，牧师！"），到时候新郎和新娘要当着牧师的面相互说几句话。

"新娘也要说话？"菲尔问，那模样儿简直就像这一条——别的事倒无所谓，可就是这一条——会要了他的命似的。

"菲利普，"他的女儿说，"你想想我到哪儿能憋得住不说话啊？"

"这倒也是，宝贝儿，"他说着，脸上勉强露出了微微的笑容。"我看你是总得说两句。"

我们驱车回坎布里奇时，我问詹尼依她看今天的情况如何。

"OK，"她说。

十

哈佛法学院的副院长威廉·汤普森先生，简直不敢相信自己的耳朵了。

"我没有听错吧，巴雷特先生？"

"没错，汤普森院长。"

说第一遍不容易。讲第二遍也一样困难。

"先生，我要申请下学年的奖学金。"

"真的？"

"先生，我就是为这件事来的。汤普森院长，经济补助是你主管的吧？"

"是啊，不过事情有点奇怪。令尊——"

"他已经不相干了，先生。"

"你说什么？"汤普森院长摘下眼镜，用领带擦了擦镜片。

"我和他发生了一点矛盾。"

院长重新戴上眼镜，朝我看看，脸上是一副毫无表情的表情，你不当院长就别想练就这样的功夫。

"那真是不幸，巴雷特先生，"他说。是谁的不幸？我真想问。这家伙惹得我渐渐火起来了。

"是啊,先生,"我说。"真是不幸。可这也就是我所以要来找你的原因,先生。我下个月就要结婚。暑假我们打算都去打工。以后詹尼——就是我的妻子——打算到一所私立学校去教书。生活是可以对付了,可是学费还是没有着落。贵院的学费是相当昂贵的,汤普森院长。"

"嗯——对,"他回答说。可是没有下文了。这家伙听懂了我话的意思没有?他到底以为我是干什么来的?

"汤普森院长,我想申请一份奖学金。"我直截了当说了。这是第三遍了。"我的银行存款是个零,可学院已经同意收我做研究生了。"

"哎,对了,"汤普森先生想出了对策。"申请经济补助的最后期限早已过了。"

这狗杂种,到底要怎样才能满意?莫非他是要把那些不愉快的细节统统摸清楚?难道他还想套出点什么丑闻?他到底要什么?

"汤普森院长,我报名的时候,根本不知道会发生这样的事。"

"话是不错,巴雷特先生,不过我也必须奉告,我认为学校当局绝对不应介入家庭纠纷。何况又是一场相当使人为难的家庭纠纷。"

"好吧,院长先生,"我说着就站了起来。"我懂你的意思了。不过,你们法学院想添一座巴雷特堂,要我去向我爸爸摇尾乞怜,对不起,这事儿免谈。"

我转身就走,临走还听见汤普森院长在那里咕哝:"太不像话了。"

他说得对极了。

十一

詹尼弗是在星期三领受学位的。远远近近的各门亲戚纷纷从克兰斯顿和福耳河城来了(有一位姑妈还是从克利夫兰赶来的呢),大家都会集坎布里奇,参加她的毕业盛典。根据事先商定,介绍的时候我不算她的未婚夫,詹尼也不戴订婚戒指:这样,回头参加不上我们的婚礼,大家就是生气,这气至少也可以迟生几天。

"克拉拉姑妈,这是我的男朋友奥利弗,"詹尼就这样说。往往还要补上一句:"他大学还没有毕业。"

亲戚们当然都要你捅捅我,我推推你,互换眼色,交头接耳,甚至公然猜测,但是他们从我们俩嘴里可掏不出一点明确的消息——从菲尔那里也探听不到。菲尔也就毋须谈论无神论者的爱情问题了,我看这是他挺乐意的。

到星期四,我得到了哈佛的学位,跟詹尼学历相等了——而且跟她一样,也是"成绩优异"。我还是班司仪,凭这个资格,我要率领全班毕业同学就座。这就是说,连那些超等生,那些"超超天才",也都要跟在我的背后。我激动得真想跟这些才子们说,我今天做了你们的领队,这就完全证实了我的理论:在狄龙体育馆练一小时功,抵得上在威登纳图书馆看两小时书。不过我还是忍住了。高兴,还是大家一起高兴吧。

我不知道奥利弗·巴雷特第三有没有来。举行毕业典礼的那天上午,哈佛园里有一万七千多来宾,我总不见得拿望远镜一排排去找吧。发给我的两张家长入场券,不用说,我给了菲尔和詹尼。不过,老石面人是校友,他自然也可以进来跟二六届校友坐在一起。可是他有什么必要来呢?我是说,银行不是还要开门营业吗?

婚礼就是在那一周的星期天举行的。我们没有邀请詹尼的亲戚来参加是有原因的,因为我们实在感到担心:我们的婚礼上取消了圣父、圣子和圣灵,那些一贯虔诚的天主教徒恐怕要受不了。结婚的地点是在菲利普斯·布鲁克斯楼,那是哈佛园内靠北边的一座古老的建筑。大学里唯一神教派牧师蒂莫西·布劳维尔特主持婚礼。雷·斯特拉顿当然也来了。我还请了埃克塞特中学时代的一位好朋友杰里米·内厄姆,他情愿不进哈佛而进了阿默斯特学院①。詹尼请了布里格斯堂的一位女友,也许是出于怀旧之情吧,她还请了"保留书"借书处的那个缺少点灵气的高个儿同事。当然还有菲尔。

我请雷·斯特拉顿照看菲尔。我是说,要尽量设法不让他

---

① 马萨诸塞州内地一所历史悠久的大学。

感到紧张。可斯特拉顿自己也不是那么沉得住气的!他们俩站在那儿,都显得极度不自在,见了对方反倒暗暗加深了自己原有的忧虑,担心这场"自己来办的婚礼"(按照菲尔的说法)会像斯特拉顿一再预言的那样,"闹出简直要命的大洋相"。原因只为詹尼和我要当面相对说几句话!其实那年春天詹尼的一个乐友玛丽娅·兰德尔同一个叫埃里克·利文森的美术设计学生结婚时,我们已经见到过这种仪式了。这种仪式确实挺美的,实际上我们当时就已经决心要仿效了。

"你们二位准备好了没有?"布劳维尔特先生问。

"都好了,"我代表我们二人说。

"朋友们,"布劳维尔特先生向来宾们说,"我们今天来为一对男女结为夫妇作个证。让我们来听听他们想要在这个神圣的时刻念些什么诗句。"

新娘先来。詹尼面对我站着,朗诵了她选的诗。那真是感人,特别是对我,因为那是伊丽莎白·巴雷特①写的一首十四行诗:

我们俩的灵魂昂然站起,挺然而立,
面面相对,默默无语,愈靠愈近,

---

① 即詹尼跟奥利弗第一次见面时提到的那位英国女诗人勃朗宁夫人。

直到伸长的翅膀爆出了火花……

　　我从眼角里瞟见菲尔·卡维累里脸色发白，嘴巴也没有闭拢，眼睛睁得大大的，又是惊讶又是崇敬。我们听詹尼念到最后两句，那简直就是一篇极有特色的祷告，她祈求

　　　　有个地方可以容身并且相爱，哪怕一天也行，
　　　　哪怕一天之后便是黑暗一片，到了死期。

　　接下来轮到我了。要找一首能让我念着而不感到脸红的诗，那是很难的。我是说，我不能站在那里念那些闺秀气十足的诗句。不过惠特曼①的《大路之歌》里有一节，虽然好像短了点儿，却替我把话都说了：

　　　　……我把我的手伸给你！
　　　　我把我的爱情给你，那比金钱还珍贵，
　　　　我把我自己给你，请教理或法律为我作证，
　　　　你肯把你自己给我吗？你肯和我携手同行吗？
　　　　我们能不能彼此相守不移，终身不渝？

---

① 惠特曼（1819—1892）：美国著名诗人，《草叶集》为其主要诗集。

我念完了,房间里是一片奇异的寂静。接着,雷·斯特拉顿把戒指递给我,于是詹尼和我就自己念了婚誓,保证从今以后相亲相爱,永不分离。

蒂莫西·布劳维尔特先生根据马萨诸塞州授予他的权力,宣告我们结为夫妇。

回想起来,我们的"庆功宴"(照斯特拉顿的说法)真是简单得太"不简单"了。詹尼和我坚决主张不搞香槟宴会之类,而且我们人又不多,在小酒店里找上个雅座就能坐下了,因此我们就到克罗宁店里去喝啤酒。我记得,老板吉姆·克罗宁也请我们喝了一杯,算是献给"克利里兄弟之后最伟大的哈佛冰球选手"。

"胡说,"菲尔·卡维累里拳头往桌子上一捶,不服气了。"他比克利里兄弟统统加在一起还棒。"菲利普从来没有看过哈佛的冰球比赛,我相信他的意思无非是说,博比·克利里或比利·克利里不管冰上本领多么了得,反正都不配娶他可爱的女儿。其实那时我们都已经喝醉了,左不过是找个借口,想再多喝点儿罢了。

我让菲尔付了账。由于我作出了这个决定,难得夸奖我的詹尼后来还夸奖我知趣("你将来一定很会做人,预科生。")。不过,到最后我们开车送菲尔去上公共汽车的时候，就有点不愉快了。我是说，难免有些抹眼泪的事。菲尔，詹尼，都哭了，说不定还有我；我已经记不太真切了，只记得那会儿是有点泪汪汪的。

总之，说了各种各样的祝福话以后，菲尔就上了公共汽车，我们站在那儿挥手，直到车消失得无影无踪。那时候，我才忽然意识到一个可怕的现实。

"詹尼，我们是合法的夫妻啦！"

"是啊，现在我可以做个凶婆娘了。"

十二

如果说有一个词儿可以概括我们头三年的日常生活的话,那么这个词儿就是"弄钱"。除了睡觉的时间以外,我们无时无刻不是用足了脑筋,在考虑怎样才能凑得足够的钱,把一切少不了的开支应付过去。通常也只能勉强做到收支相抵。根本没有什么罗曼蒂克可言。还记得奥马尔·哈亚姆①那段有名的诗吗?什么树荫下诗一卷,面包一块,美酒一壶,等等,等等?以《斯科特论托拉斯》代替了那本诗集,你说我还会有多少诗意,去过那田园诗般的生活?啊,是天堂?呸,胡扯!真要叫我到了树荫下,我要考虑的是买那本书要多少钱(我们能不能买到旧的?)以及我们在哪儿(如果还有那么个地方的话)可以赊账,弄到那份面包和美酒。再有,就是我们怎样才能凑足一笔钱,把债务彻底料理清楚。

生活改变了。连最小的开支,也要经过脑子里那个经常保持着警惕的预算委员会的审查,才能作出决定。

"嗨,奥利弗,咱们今天晚上去看贝克特的戏②吧。"

"我说,得三块钱。"

"你什么意思?"

"我是说,你一块半,我也一块半。"

"你到底算同意还是不同意?"

"都不是。就是说要三块钱。"

我们的蜜月是在一条游艇上同二十一个孩子一起度过的。就是说,我每天一早从七点起,就驾驶一条三十六英尺长的"罗兹"型游艇出游,一直到我那些小乘客玩够了才算结束。詹尼则给孩子们带队。那个地方叫做佩考特划船俱乐部,地点在丹尼斯港③(离海海斯不远),俱乐部有一个大旅馆,一个游艇码头,还有几十所专供出租的房子。在其中一所较小的平房里,我在想象中立了一块牌子:"奥利弗和詹尼不谈情说爱之时,即安睡于此"。用和和气气的态度侍候了一整天的顾客(因为我们的收入主要靠他们的小账),詹尼和我还能这样彼此和和气气,我看我们俩都应该受到表扬。我只是说"和和气气",因为我实在找不出个形容词来形容跟詹尼弗·卡维累里相爱到底是怎么个滋味。哦,对不起,应该称詹尼弗·巴雷

---

① 奥马尔·哈亚姆(约1040—1123):波斯诗人和天文学家,著有四行诗集《柔巴依集》(旧译《鲁拜集》)。
② 塞缪尔·贝克特(1906—1989):出生在爱尔兰,居住在法国的当代荒诞派剧作家。他写的剧本以《等待戈多》(1954)最为著名。
③ 位于马萨诸塞州东南的科德角,是避暑胜地。

特了。

在去科德角以前,我们在北坎布里奇就找到了一套便宜的公寓。我把那里叫做北坎布里奇,其实严格说来,这个地方是在萨默维尔镇的范围之内。那幢房子,照詹尼的说法,已是"年久失修"。本来是一幢房子给两户人家住的,现在却改成了四套公寓,租金虽然"便宜",其实也根本不值这个价钱。可是做研究生的有什么办法?住房紧张啊!

"嗨、奥尔,你说说,消防部门为什么还不宣布这幢房子为危房?"她问。

"大概他们怕走进去,"我说。

"我也怕。"

"上回六月份来你可没害怕呀,"我说。

(这段对话发生在我们返校以后的九月份。)

"那时我还没有结婚。现在结了婚了,我认为这个地方无论如何太不安全。"

"你打算怎么办呢?"

"跟我丈夫说去,"詹尼回答说。"他会想办法的。"

"咦,我不就是你丈夫吗?"我说。

"是吗?拿出证明来。"

"怎么个证明法?"我问,心里可在想:不行不行,在大街上这么闹怎么行?

"抱我进门,"她说。

"你总不见得会相信这一套胡闹吧?"

"抱我进去,信不信以后再说。"

好吧。我一把将她抱了起来,托着她登了五级台阶,到了门廊上。

"干吗停下?"她问。

"不是到门口了吗?"

"没有,没有,"她说。

"我连电铃边上咱们的名字都看见了。"

"该死!这不是我们法定的门口。快上楼去,你这个窝囊废!"

到我们"法定"的家门有二十四级楼梯;才走了一半光景,我就不得不停下来喘口气了。

"你怎么这样沉?"我问她。

"你难道就没想到兴许是我怀了孩子?"她答道。

这下子我就更喘不过气来了。

"真的!"我好容易才说出了这两个字。

"哈!吓着你了吧?"

"没有。"

"别骗我了,预科生。"

"对。刚才,是紧张了一下。"

我一直把她抱到了楼上。

这就是我能记得的跟"弄钱"这个词儿毫无关系的绝无仅有的时刻之一。

多亏了我那个光辉的名字,我们才能在一家本来对学生不肯赊账的食品杂货店里开了个记账户头。然而我的名字却又在一个最意想不到的地方把我们给坑了,那就是詹尼要去教书的那所学校:荫巷小学。

"当然,本校的薪水是不能同公立学校比的,"校长安妮·米勒·惠特曼女士对我妻子说,接下来她又说了好些话,意思是巴雷特府上对"这方面的问题"反正是不会介意的。詹尼极力想打消校长的幻想,可是除了早就讲定的三千五百元年薪以外,她所得到的也就只有那将近两分钟之久的一连串"呵呵呵"了。詹尼说到巴雷特家的人也得跟别人一样付房租,惠特曼女士还觉得詹尼真会说俏皮话哩。

詹尼把这些事情告诉我的时候,我就发挥想象力,提出种种推测,估量着惠特曼女士凭她这一手"呵呵呵——三千五"的绝招,该可以捞到多多少少好处。但是接下来詹尼却问我肯不肯退了学来养她,让她进修教育学课程,好进公立学校任教。我通观全局,郑重其事地考虑了大约两秒钟,得出了一个

简洁明了的结论:

"扯淡。"

"看你多会说话,"我妻子说。

"那我该说什么好呢,詹尼——也来一个'呵呵呵'?"

"算了吧。还是跟我学吃意大利面条吧!"

我学了。我学会了吃意大利面条。而詹尼的烹调手法也确实变化无穷,做出来的面条总是别具风味。靠我们暑期里挣下的钱,加上她的薪水,另外到圣诞节邮局的忙季我还打算去加一阵夜班,赚些外快,这样几下一凑,我们的日子倒也过得去。自然,我们有不少电影没能去看(她还有不少音乐会没能去听),不过我们的收支总算碰头了。

收支总算碰了头,可是我们在生活道路上也处处都走到了头。我是说,我们两口子的社交生活都起了剧烈的变化。我们仍然在坎布里奇,从道理上说,詹尼也可以跟她音乐圈子里的朋友待在一起。但是没有时间啊。她从学校回到家里已经筋疲力尽,还得把晚饭做起来(在外边吃饭是绝对不予考虑的)。我自己的朋友也很知趣,从不来打扰我们。我是说,他们都不来邀请我们,免得我们也非回请他们不可——不知道你懂不懂我的意思。

我们甚至连橄榄球比赛也不看了。

我是校队俱乐部会员,本来有资格享受五十码线处的特设会员座。可是一张票要六块钱,去一次就是十二元。

"不对,"詹尼跟我争论,"是六块钱。你别带我,一个人去好啦。我对橄榄球一窍不通,就听观众嚷嚷'加油呀',可你却欢喜这玩意儿,所以我非要你去看不可!"

"好了,本案到此结束!"我往往就这样回答她,毕竟我是丈夫,是一家之长。"再说,这个时间我也可以用来学习。"不过,一到星期六下午,我还是会把半导体收音机贴着耳朵,把球迷们的助威呐喊听上好半天,从空间距离上说这批球迷与我相隔才一英里地,可是现在他们已经是另一个世界的人了。

在同耶鲁比赛的时候,我利用校队俱乐部会员的特殊权利,给法学院的一位同学罗比·沃尔德弄到了座位。罗比感激涕零地离开我们的住处以后,詹尼要求我再给她讲一遍,到底何方神圣才算有资格享受校队俱乐部会员专座。于是我再一次给她解释:不管是老是少,个大个小,社会地位是高是低,凡是在运动场上给堂堂哈佛立下过汗马功劳的人,都可以在那儿就座。

"水里的也一样?"

"体育明星就是体育明星,"我回答说,"地上水里都一样。"

"就是你不一样,奥利弗,"她说。"你是个'冰冻了的'。"

我没有接她这个话茬。我以为这无非还是詹尼弗嘴利,说句俏皮话顶顶你,我也不愿意多琢磨她问哈佛大学的体育传统是不是还有其他的含义。譬如说,隐隐约约可能就有这样的意思:虽然军人体育场可以容纳四万五千观众,可只要是当年的运动员,就会全部去坐在那个特座区里。全部去坐在那里。老的,少的。水里的,地上的——甚至还有"冰冻了的"。那些个星期六的下午,我所以不肯去运动场,难道仅仅就是为了省六块钱?

算了,即便她心里还有什么别的想法,我也不打算多说了。

十三

　　谨订于三月六日（星期六）下午七时庆祝巴雷特先生六十寿辰敬备菲酌　　恭请光临
　　　　　　　　　　　奥利弗·巴雷特第三夫妇鞠躬
　　席设马萨诸塞州伊普斯威奇镇多弗庄
　　请赐回示

"怎么样？"詹尼弗问。

"这还用问？"我回答。我正忙于摘录刑法上一个非同小可的判例——"珀西瓦尔公诉案"的要点。詹尼拿着请柬在我跟前晃啊晃的，想引起我的注意。

"奥利弗，我看是时候了，"她说。

"什么是时候了？"

"你明明知道我指的是什么，"她回答。"难道你非要他连跪带爬到这儿来吗？"

我继续干我的事，任凭她编派我。

"奥利，他主动向你伸手啦！"

"扯淡，詹尼。信封是我母亲写的。"

"你还说你连看也没看呢!"她几乎在嚷嚷了。

好吧,就算我早先是瞅过一眼。也许是我忘了吧。要知道,我是在专心准备"珀西瓦尔公诉案"的提要啊,考试快要到啦。问题是詹尼不该向我唠叨个没完。

"奥利,你想一想,"她说,现在她的语调像是在恳求了。"老爷子毕竟六十岁了。到你终于想要和解的那一天,谁能担保他还在世上?"

我斩钉截铁地告诉詹尼,和解是绝对办不到的,能不能请让我继续用我的功。她悄悄地坐下来,蜷缩在我搁脚的软垫之一角。虽然她没有发出半点声响,我还是马上就意识到她是在那儿死死地盯着我瞧。我抬起头来。

"有朝一日,"她说,"要是你儿子奥利弗第五跟你怄气——"

"他的名字不会叫奥利弗,这一点你可以放心!"我对她大喝一声。通常,我提高嗓门时,她是不甘示弱的。可是这回她没有这样做。

"听我说,奥尔,即使咱们给他取名为小丑博佐,那小子照样会怨恨你的,因为你是当年哈佛的体育大明星。到他上大学一年级的时候,你也许已经当上最高法院的法官了!"

我对她讲,我们的儿子决计不会怨恨我。于是她问我:凭什么这样自信?我拿不出证据。反正我知道我们的儿子决不会

爱情故事

怨恨我。至于到底为什么，我也说不上来。而詹尼却由此推断出一个荒谬绝伦的结论，她说：

"你爸爸也爱你，奥利弗。他爱你，就像你将来爱博佐一样。但是你们巴雷特家的人个个傲慢、好胜得要命，总觉得彼此有股怨气，一辈子都解不开。"

"有你就不会了，"我用打趣的口吻说。

"对，"她说。

"本案到此结束！"我说，毕竟我是丈夫，是一家之长。我的眼睛又回到"珀西瓦尔公诉案"上，詹尼也站起身来，但这时她想起了：

"'请赐回示'这一块还没了结呢。"

我表示这样的意见：一个专攻音乐的拉德克利夫学院高材生写一封得体的短信婉言谢绝，大概无需专家指导吧！

"你听着，奥利弗，"她说，"我这辈子可能撒过谎，或者骗过谁。但是有心要弄得谁心里不痛快的事我可从来也没有干过。这种事我干不了。"

说实在的，此时此刻她只能使我不痛快，因此我客客气气地请她爱怎么处理就怎么处理这个"请赐回示"，只要这回音的内容实质是我们不去，要去除非是地狱上冻。说完，我就重新回到"珀西瓦尔公诉案"上。

"号码是多少？"我听见她声音很轻地问。她已经拿起了电话。

"你就不能写个便条吗?"

"再过一分钟我就没勇气了。到底多少号码?"

我告诉了她,随即就去专心研究珀西瓦尔向最高法院上诉的事了。我没去听詹尼打电话。确切地说是我竭力不去听。她可毕竟就在这间屋子里。

"哦,先生,晚上好!"我听见她在说。是王八蛋接的电话?平日他不是该在华盛顿吗?《纽约时报》最近有一篇人物侧记明明这样说的。该死的新闻报道真是越来越不像话了。

说一声"不"到底要多少时间?

詹尼弗这个电话怎么打了那么久呢,说一个"不"字总用不到这么多时间吧。

"奥利?"

她一只手捂住话筒。

"奥利,难道一定得回绝?"

我点点头表示一定得回绝,挥挥手催她把这劳什子回示赶快了结。

"我感到十二万分抱歉,"她向电话里说。"我是说,我们感到十二万分抱歉,先生……"

我们!难道她一定要把我扯进去?她为什么不能单刀直入把话讲完就挂断电话?

"奥利弗!"

她再一次捂住话筒,却又说得很响。

"他伤心极了,奥利弗!眼看你父亲心都碎了,你能坐在那里无动于衷吗?"

要不是她处于这样的精神状态,我会再一次向她解释石头是无心可碎的,不要把她那意大利地中海人看待父母的错误观念搬到拉什莫尔山的巉崖上去。可她现在心烦意乱。而且搞得我心也乱了。

"奥利弗,"她向我恳求,"你随便说两句行吗?"

跟他说话?詹尼准是发疯了!

"我的意思是哪怕只说声'哈罗'也行,啊?"

她把话筒向我递过来,一边竭力忍住眼泪。

"我决不跟他说话。永远不,"我说时毫不动容。

这下她哭了。完全没有声音,只见眼泪顺着她的脸庞直淌。接着她就……她就苦苦哀求。

"奥利弗,看在我的分上。我从来也没有求过你什么。这一回我求求你。"

我们一共三个人。三个人都在等待(不知怎的,我总觉得我的父亲也在跟前)。等什么?等我?

我不能照办。

詹尼难道不明白她的请求是办不到的?若是任何别的事

情,我都愿意照办,决无二话,就是这一件不行,这她难道还不明白?我眼睛望着地板,心里乱到了极点,只顾摇头表示坚决拒绝,可这时却只听见詹尼压低了嗓门但按捺不住怒火冲我直骂,我还从来没有听到过她用这样的声气说话:

"你是个没心肝的杂种!"说罢,她才又提起话筒跟我父亲把话说完:

"巴雷特先生,奥利弗希望你了解,尽管他的表现方式有点特别……"

她停下来喘口气。她一直在抽泣,所以说话很费劲。我简直呆若木鸡,只得由着她把说是我"委托转告"的话讲完。

"其实奥利弗还是非常爱你的,"说完,她匆匆挂断电话。

对于我在随后一瞬间的所作所为,我实在无法作出合理的解释。我只能说是一时的神经错乱。不,我毫无理由为自己辩护。我的行为是永远不可宽恕的。

我从她手中夺下电话,拔出插座,使劲一扔——把电话扔到了房间的另一头。

"你简直该死,詹尼!你怎么不给我滚!"

我一动不动地站在那儿,好像突然变成了一头野兽,止不住大口大口喘气。天哪!是什么恶鬼附上我的身啦?我转身去看詹。

但是她不见了。

我是说,她已影踪全无,因为我连她下楼梯的脚步声也没听见。天哪,她准是在我抢电话的一刹那跑出去的。她的外套和围巾都还在那儿。我感到一种不知如何是好的痛楚,但另一种痛楚比这更甚,那就是我意识到自己已经闯下了大祸。

我到处寻找。

在法学院图书馆里,我在一排排坐着用功的学生之间东张西望,到处寻找,转来转去至少有五六回。尽管我一声不响,但我知道我的眼神是那样紧张,脸色是那样吓人,那个鬼地方整个都被我惊动了。管它呢!

可是詹尼不在那里。

我把哈克尼斯公共食堂的休息室、小吃部全部搜遍。然后又以全力冲刺的速度跑到拉德克利夫学院的阿加西斯堂,四下都找遍。也没有。我到处奔走,恨不得两条腿能赶上我心跳的频率。

佩因堂?(可诅咒的名字①,简直是讽刺!)楼下是琴房。我了解詹尼。她生气时常常嘣嘣地猛敲那该死的琴键。可不是吗?但是,在她吓得要死的时候又会怎样呢?

---

① "佩因"(Paine)与英语"痛苦"(pain)同音。

长廊两旁都是琴房,走过这地方真能叫人发疯。莫扎特和巴尔托克、巴赫和勃拉姆斯的乐曲从一间间琴房的门里漏出来,混成一片莫名其妙的鬼哭狼嚎。

詹尼一定在这里!

从一间琴房里传来狠命弹奏(是因为生气吧?)肖邦一首前奏曲的声音。我不由自主地在门口站住,犹豫了一会儿。那曲子弹得很糟糕:老是停下又开始,开始又停下,错误百出。在一次停顿时,我听到一个姑娘的声音在嘀咕:"扯淡!"这一定是詹尼。我把门撞开。

一个拉德克利夫女学生在弹钢琴。她抬起头来。原来是个怪难看的阔肩膀嬉皮士,她见我闯进去显得很恼火。

"喂,你搞啥名堂?"她问。

"没啥,没啥,"我说着重又把门关上。

我到哈佛广场去碰碰运气。潘普洛纳自助餐厅,汤美拱廊,甚至连海斯·比克馆——很多搞艺术的经常上那儿去——一处处都找遍了。连她的影子也没有。

詹尼到哪儿去了呢?

这时地铁已经不发车了,但刚才如果詹尼离家直奔哈佛广场的话,她赶得上去波士顿的地铁,到那里能坐长途汽车去克兰斯顿。

爱情故事 | 107

我把一枚二十五美分和两枚十美分的硬币塞进投币口时,已经快午夜一点钟了。我在哈佛广场售货亭旁一个公用电话间里挂长途电话。

"喂,是菲尔吗?"

"呃……"他睡意很浓地说。"谁啊?"

"是我——奥利弗。"

"奥利弗!"听得出他吃了一惊。"詹尼出事了吗?"他紧接着问。既然他问我,这就表明詹尼不在他那里。

"哦,没有的事,菲尔,没有的事。"

"谢天谢地。你好吗,奥利弗?"

确信女儿无恙以后,他立刻恢复了那种随和的语调,仿佛根本没有从酣睡中被叫醒么回事。

"很好,菲尔。好得很。我好得很。我问你,菲尔,詹尼跟你最近有联系吗?"

"不多,这鬼丫头,"他回答的语气平静得出奇。

"你说什么,菲尔?"

"妈的,这鬼丫头应该多跟我通通电话才对。你也知道,我又不是外人。"

一个人如果可能同时既放心又惊慌,那么我当时的感觉就是这样。

"她在你身边吗?"他问我。

"嗯?"

"让詹尼听电话,我要冲她骂几句。"

"不行啊,菲尔。"

"哦,她睡了?既然在睡觉,就别惊动她了。"

"噢,"我说。

"喂,小子,你听着,"他说。

"什么事?"

"克兰斯顿难道就那么远,你们星期天下午都不能来?嗯?要不,我上你们那儿去也行,奥利弗。"

"哦,不,菲尔。我们来。"

"几时?"

"找个星期天。"

"'找个'?不要对我耍这种花枪。孝顺的娃从来不说'找个',而说'这个'。就这个星期天,奥利弗。"

"好吧。就这个星期天。"

"四点钟。不过要小心开车。就这样说定喽?"

"说定了。"

"下次挂长途电话你可以让我付费,鬼东西。"

他挂断了电话。

我呆呆地站在那里,身处黑沉沉的哈佛广场,犹同困守茫茫大海之中的孤岛,不知道该上哪儿去,也不知道下一步该怎么办。一个黑人走到我跟前,问我要不要"打一针"①。我心不在焉地回答说:"谢谢,不要。"

我不再奔跑。你想想,赶回到空无一人的家里去有什么意思?时间是那么晚,我已经浑身麻木——其中害怕的因素多于寒冷(不过,说实在话,天气也的确不暖和)。到了离家门口几码处,我依稀看到有个人坐在台阶上。八成是我眼岔了,因为那黑影一动也不动。

然而那真是詹尼。

她坐在最高一级台阶上。

我已精疲力竭,没有大惊小怪;同时又如释重负,所以说不出话来。我心里真希望她手里有根棒球棍什么的,来揍我一顿。

"詹?"

"奥利?"

我们俩说得相当安详,所以根本玩味不出对方的语气中包含的是什么感情。

"我忘了带钥匙,"詹尼说。

我站在台阶下,不敢问她坐了多久。我只意识到自己太委屈她了。

---

① 指制成注射剂的毒品。

"詹尼,对不起——"

"别提了!"她打断我的赔礼词,接着心平气和地说:"爱,就是永远也用不着说对不起。"

我登上台阶走到她坐着的地方。

"我想睡觉了。行吗?"她说。

"行。"

我们上楼来到自己那套公寓里。在我们脱衣服时,她以抚慰的目光望着我说:

"奥利弗,刚才我说的是真心话。"

事情就这样过去了。

十四

那封信是七月份来的。

由于信是从坎布里奇转到丹尼斯港来的,所以我猜想我得到消息大约晚了一两天。我就一口气直跑到詹尼那儿,当时她正带领一群小学生在玩儿童足球之类的游戏,我极力学着鲍嘉①的腔调,说:

"咱们走。"

"嗯?"

"咱们走,"我又说了一遍,一副不由分说的神气是那么明显,她只得跟着我向海边走去。

"奥利弗,到底什么事?看在上帝分上,请你告诉我,好不好?"

我继续迈着雄赳赳的步伐走上浮码头。

"詹尼弗,上船,"我命令说,一边伸出拿信的那只手指着船,但她根本没注意我手里的信。

"奥利弗,我得照看孩子们哪,"她嘴上这样说,可还是乖乖地上了船。

"奥利弗,究竟是怎么回事,你还打算不打算解释?"

这时我们已离岸几百码远了。

"我有事情要告诉你,"我说。

"你就不能在岸上说吗?"她喊道。

"不行,就是不行!"我也叫喊。我们谁也没生气,只是因为风大,不大声嚷嚷就听不见。

"我要在没人的地方跟你讲。你瞧,这是什么?"

我冲她扬扬那信封。她立刻认出了上面所印的发信单位名称。

"嗬,哈佛法学院!是不是把你开除啦?"

"再猜一次,你这个乐天派婆娘,"我喊道。

"你得了全班第一!"她猜道。

这下子我反倒不好意思告诉她了。

"还差一点。是第三。"

"哦,"她说。"才第三?"

"要知道这仍然意味着我有资格去编《法学评论》,"我直着嗓子叫喊。

她若无其事地坐在那儿,半点表情也没有。

"天哪,詹尼,"我简直要哭了,"你说话呀!"

"在我见到第一、第二名以前,我不发表意见,"她说。

---

① 指美国硬派电影明星亨弗莱·鲍嘉(1899—1957)。他主演的《卡萨布兰卡》等影片已成了经典名作,他在银幕上的语调动作为好几代美国人所模仿。

我瞧着她,希望她忍不住露出笑容来,我知道她是故意绷着脸的。

"说两句嘛,詹尼!"我求她了。

"我走啦。再见,"她说完马上纵身跳入水中。我紧随在她后面也跳了下去。等到我回过神来,我们俩都已攀住船舷,在吃吃地笑了。

"嗨,"我说了一句比较得意的俏皮话,"你是为我跳水的。①"

"尾巴别翘得太高,"她回答。"不就是得了个第三嘛。"

"嗨,听我说,你这个鬼婆娘,"我说。

"什么事,你这个狗杂种?"她回答。

"我真是多亏了你,"我真心诚意地说。

"不对,你这个狗杂种,不对,"她答道。

"不对?"我倒有点儿给愣住了。

"是全亏了我,"她说。

这天晚上,我们花了二十三块钱,在雅茅斯一家高级馆子里吃了一餐龙虾。詹尼仍不表态,在弄清楚那两位"击败了我"(用她的说法)的先生是何等样人之前,她是不会发表意

---

① 原文这句话一语双关,它的另一层意思是:"你也太爱我了。"

见的。

说也可笑,我因为实在太爱她了,所以我们一回到坎布里奇,我马上就去打听那前两名是什么人。摸清了底细,我才放了心,原来第一名叫欧文·布莱斯班德,纽约市立学院六四届毕业,是个戴眼镜的文弱书生,不属于詹欣赏的那种类型;第二名叫贝拉·兰多,布林·玛尔学院①六四届毕业,是个女的。这不能再好啦,尤其因为贝拉·兰多长得相当秀气(就学法律的女学生而言),我就可以编些"情节"逗一下詹尼,就说那些个深夜里,《法学评论》编辑部所在的甘尼特楼里发生了如此这般的事。说真的,那一阵子老是搞到深更半夜,常常要凌晨两三点钟才回到家里。你想,六门课程,加上编《法学评论》,此外,我居然还写了一篇专题论文(奥利弗·巴雷特第四:《向都市贫民提供法律援助——波士顿罗克斯伯里区研究》,载《哈佛法学评论》一九六六年三月号第861—908页)。

"这篇东西写得不错。的确不错。"

这是一位老编辑乔尔·弗莱希曼的话,不过他翻来覆去说

---

① 宾夕法尼亚州的一所女子大学。

的就是这么两句。坦白说,我指望从这个明年即将为道格拉斯①大法官当秘书的家伙那里听到的是具体些的好评,然而他审阅了我的定稿后说来说去就是这么两句。天哪,连詹尼都能对我说这篇文章"写得泼辣、有才气、确实精彩",难道弗莱希曼就说不出这样的话?

"弗莱希曼说这篇东西写得不错,詹。"

"天哪,难道我不睡觉一直等到这么晚,就为了听这么句话?"她说。"他有没有对你的研究或你的文笔之类发表些什么看法?"

"没有,詹。他只说这篇东西'不错'。"

"那你这么多时间在干什么?"

我故意向她眨眨眼睛。

"我有些事儿要跟贝拉·兰多研究,"我说。

"哦?"她说。

我猜不透这语调的含义。

"你吃醋了吗?"我直截了当地问。

"才不呢;我的大腿美妙得多!"她说。

"你能写案情摘要吗?"

"她会做意大利式卤汁面条吗?"

---

① 威廉·奥维尔·道格拉斯(1898—1980),美国法学家,联邦最高法院法官。

"会，"我回答。"事实上今晚她还带了好些到甘尼特楼来。大伙都说可以跟你的大腿媲美。"

"那当然，"詹尼点点头。

"你还有什么话讲？"我说。

"贝拉·兰多替你付房租吗？"她问道。

"妈的，"我回答说，"为什么我总是不能在稍占上风时见好就收？"

"我告诉你，预科生，"我那整个儿一片柔情的妻子说，"那是因为你永远占不了上风。"

十五

我们毕业时的名次也正是这样。

我是说,欧文、贝拉和我取得了法学院研究生毕业班的前三名。灿烂的前景就在眼前。洽谈、延请、礼聘、花言巧语的游说劝驾,纷至沓来。无论转向哪里,我好像总能看到有人在挥舞一面彩旗,上面写着:"巴雷特,到我们这里来工作吧!"

但我只跟绿旗走①。当然,我还没有到利令智昏的地步,但是为了得到一个肥缺,好把"弄钱"这个讨厌的词儿从我们该死的语汇中抹去,我就不考虑名气好听的位置(如给法官当秘书),也不考虑担任公职(如进司法部)。

虽然我是第三名,但在猎取法律界头等美差的角逐中,我却具有那么一种无可估量的优越条件。前十名中只有我一个不是犹太人。(谁要是说这无所谓,那准是个十足的糊涂蛋。)妈的,一个"白英新"②,只要能通过律师资格考试,不知有多少家法律事务所会视为至宝。请衡量鄙人的条件:《法学评论》编辑,全艾维联明星队员,哈佛大学出身,还有也用不着我说了。抢着把我的姓名连同"第四"字样印上公笺的可谓大有人在。我简直成了天之骄子,只觉得那时的每一分钟都十分可爱。

洛杉矶有一家事务所提供的待遇特别令人心动。负责物色人才的某先生（姑隐其名，何苦冒打官司的风险？）一再对我说：

"巴雷特老弟，在我们的地盘上，那玩意儿随时都有。日夜服务。而且，我们还可以给你送到事务所去！"

我们对加利福尼亚并不感兴趣，可我还是很想知道某先生葫芦里卖的究竟是什么药。詹尼和我作了种种大胆的猜测，有些假想委实野得可以，然而洛杉矶那个地方之野，恐怕非我们始料所能及。（最后我不得不向某先生表示我对"那玩意儿"根本不感兴趣，这才摆脱他的纠缠。他大失所望。）

其实，我们早已拿定主意要留在东海岸。后来的事实表明，在波士顿、纽约和华盛顿还有很多待遇优渥的职位可供选择。詹尼一度认为哥伦比亚特区挺不错（"奥尔，你可以去白宫好好看一看了"），但我倾向于纽约。就这样，在我妻子的同意下，我终于接受了乔纳斯与马什事务所的聘请。这是一家老牌子的法律事务所（马什曾任司法部长），其方针非常强调公民自由权（"你可以同时既做好事，又得好处，"詹尼

---

① 意即"向钱看"，因为美元纸币是绿色的。
② 指英国血统的白人新教徒。通常，在美国这种人社会地位最高。

爱情故事 | 119

说)。而且,他们简直使我受宠若惊。你想一想,乔纳斯老头亲自来波士顿,请我们到皮尔福吃饭,第二天还派人给詹尼送鲜花来。

此后足有个把星期,詹尼无论走到哪儿,听上去好像总在哼一支小曲儿,哼来哼去就是"乔纳斯、马什与巴雷特"[①]这样一句。我对她说别太性急了,她叫我滚蛋,还说我心中八成也在哼同样的调子。不消说,她这话果然一语中的。

还有,请容许我捎带一笔,乔纳斯与马什事务所付给奥利弗·巴雷特第四的年薪为一万一千八百美元。在我们整个研究生毕业班中,这是遥遥领先的最高薪俸。

你瞧,我这个第三,只不过是学校里的名次。

---

① 这是詹尼想象中那个事务所要改的名称。

十六

更改住址启事

奥利弗·巴雷特第四夫妇

自 1967 年 7 月 1 日起迁居纽约州纽约市

东六十三街 263 号　邮政编码 10021

　　　　　　　　　　　此启

"这也太像暴发户了，"詹尼抱怨道。

"咱们是暴发户嘛！"我坚持说。

有件事儿还可以为我的春风得意之感锦上添花，那就是：如今我每个月光是租汽车间的费用就几乎相当于我们在坎布里奇时全套公寓的租金！其实，到乔纳斯与马什事务所，便步（或者阔步——我比较喜欢后一种步态）只消十分钟，像邦威特公司之类的豪华商店也近在咫尺（我坚持要我的婆娘立刻在那些销金窟里开户头放手花钱）。

"奥利弗，这是干什么？"

"詹尼，我就是要做冤大头，妈的！"

我加入了纽约的哈佛俱乐部，是由六四届的雷蒙德·斯特拉顿推荐的。他到印支去也算开过几枪，打过几名越共，新近退伍回来。(他说:"其实,我也不能肯定那是越共。反正我听到了响声,就朝丛林中开火。")雷和我每星期至少要打三次壁球①,我立志要在三年之内成为俱乐部的冠军。不知是我在哈佛圈子里重新露脸马上就有偌大的吸引力呢,还是我在法学院取得成功的消息已经传开(天地良心,我没有吹嘘过薪俸的事),反正我的"朋友们"又都认得我了。我们是在盛夏时节乔迁的(因为我还得先为应付纽约律师资格考试突击准备一番),最初接到的多半是度周末的邀请。

"奥利弗,去他们的。我不想浪费两天时间去跟一帮无聊的预科生扯淡。"

"好吧,詹,可我怎么去跟他们说呢?"

"就说我怀孕了,奥利弗。"

"是不是真的?"我问。

"不,但要是这个周末咱们待在家里,我也许会的。"

我们已经给孩子挑了个名字。应该说是我挑的,不过最后总得詹尼同意才行。

"喂,你不会笑话我吧?"我第一次跟她提起此事时是这样说的。当时她正在厨房里(灶台上一排奶黄色键钮,连洗碟

---

① 一种类似网球的运动,在三面有墙壁的场地内进行。

机都有了)。

"什么事?"她问,一边仍在切西红柿。

"我还真喜欢上博佐这名字了,"我说。

"你不是说着玩儿的吧?"她问道。

"哪儿能呢!我是真心喜欢。"

"你真要给咱们的孩子取名博佐?"她再问一遍。

"对。是真的。说实在的,詹,这才是一位超级体育明星的名字。"

"博佐·巴雷特。"她念一遍试试,想确定这名字是否好听。

"嗬,他将来准是个吓人的彪形大汉,"我越往下说,就越相信自己的话。"'博佐·巴雷特,哈佛入选全艾维明星队的巨人跑锋。'"

"好虽好,不过,奥利弗,"她问道,"万一——我这仅仅是假定——万一那小子身手不够矫捷,怎么办?"

"不可能,詹,他的基因太好了。真的。"我这话是认真说的。每当我高视阔步去上班的时候,有关博佐的这一整套设想,早已成了我习以为常的白日梦。

吃晚饭的时候我继续谈这个题目。现在我们用的瓷器餐具都是上等的丹麦货了。

"博佐将来准是一个身手矫捷的大汉,"我对詹尼说。

爱情故事

"说实在的,要是他的手像你那样,咱们可以把他放到卫线上去①。"

她只是冲我傻笑,无疑在想鬼点子,巴不得找几句煞风景的话,对我这番美妙的幻想泼上一盆冷水。但是由于使不出真正的杀手锏,她只好把蛋糕切开,递给我一块。结果她还是听我说完。

"詹尼,你想想,"我继续说,尽管蛋糕塞满了我的嘴,"一个二百四十磅的机灵大汉。"

"二百四十磅?"她说。"奥利弗,咱们的基因里哪一点都保证不了二百四十磅啊。"

"詹,咱们可以把他喂肥嘛。高蛋白、营养品,所有补身体的好东西一起用上。"

"哦,是吗?要是他不肯吃呢,奥利弗?"

"他非吃不可,妈的,"我说。想到那个即将坐在我们餐桌旁的小子,居然不肯配合我把他造就成体育明星的计划,我早已连气都有点上来了。"他不吃我就叫他脸上开花。"

听到这里,詹尼直瞅着我,微微一笑。

"要是他有二百四的话,你休想揍他,休想!"

"哦,"我一时语塞,但随即就回味了过来,"可他不会

---

① 橄榄球比赛中防守一方卫线队员的主要任务是抱住带球奔跑的对方队员。

一下子长到二百四的!"

"对,对,"这时詹尼把手里的汤匙对我一扬,一副警告的架势,"不过一旦他真的长到了二百四,预科生,那时你还是逃之夭夭吧!"说完,她笑得前仰后合。

说来实在滑稽,在她放声大笑的时候,我仿佛看到一个二百四十磅的小子裹着尿布在中央公园里一边追我,一边喊:"不许你欺负我妈妈,预科生!"我的天,但愿詹尼能管住博佐,免得他把我揍扁。

十七

要生个孩子可不那么简单。

我说这里头包含着一定的讽刺意味:有些人在他们性生活的最初几年把全副精力都花在如何避孕上面(在我刚刚开始的时候,避孕套还正时兴),后来却又完全改变主意,不是不要孩子,而是像着了魔似的一心想要孩子。

是的,确实会变得像着了魔一样。而且这还会破坏婚后幸福生活最美妙的一面——使之失去了那一片率真和浑朴。我是说,那就得把自己的念头加以调节("调节"这个倒霉的词儿总叫人联想到机器)——就得把鱼水之欢的念头调节到使之合乎各种规定、日程安排,以至战略部署("奥尔,改在明天早晨是不是更好?")。这,也就会引起苦恼、厌烦,最终造成恐怖。

当你发现,你的皮毛知识以及你自以为既正规又卫生的种种努力,在传宗接代问题上不见效时,你脑海中就会出现极度可怕的胡思乱想。

詹尼和我终于决定请专家诊断一下。在第一次谈话中,莫蒂默·谢泼德医生对我说:"奥利弗,我相信你懂得,'不能生育'与'丈夫气概'是两码事。"

"他懂的，大夫，"詹尼代我回答。虽然我从未提起过，但詹尼心里明白，万一我们不能生育——哪怕只是可能不育——那对我将是毁灭性的打击。她的语气不是还隐约流露出一种祈求的意味吗？如果查出机能不全的现象，她但愿问题出在她自己的身上。

不过医生并不知道这些，他只是把道理原原本本向我们解释清楚，让我们作好万一的准备，然后又说，很可能我们俩都没有问题，不久便能成为令人羡慕的父母。当然，我们俩都得接受一系列的检查。整套体检，一应俱全。（我也不想把这类全面检查一个个项目的可憎名称在这里重复一遍。）

星期一我们做了检查。詹尼是白天去的，我是下了班去的（我已经在法律界干得非常投入，忙得不可开交）。谢泼德医生打电话通知詹尼星期五再去一趟，说是他的护士出了点差错，有几个项目他要重新检查一下。詹尼把复查的事告诉我时，我就怀疑医生已经发现她……机能不全。我想她也怀疑到了这一层。所谓护士出了差错云云，完全是老一套的托词。

当谢泼德医生打电话到乔纳斯与马什事务所来找我时，我几乎已经可以肯定了。他要我下班回家时顺便到他的诊所去一下。一听这不是三边谈话（"今天早些时候我跟巴雷特太太谈过了，"他说），我已经确信无疑。詹尼不可能有孩子了。虽然如此，奥利弗，先还是不要把话说得太死；记得谢泼德提到过好像有矫正手术之类的办法。但我心里乱得要命,要这样硬扛到五点钟可不是办法。我回了个电话给谢泼德,问能不能让我下午早些去找他。他说可以。

"你弄清楚我们的事责任在谁了吗?"我见面劈头就问。

"用'责任'两字实在不妥当,奥利弗,"他回答。

"好吧,那么你可知道我们俩中间是谁的功能有问题?"

"知道。是詹尼。"

对此我多少有一点思想准备,但医生说这话时斩钉截铁的口气仍然使我震惊。他不再说什么,我想他大概是要我表个态。

"好吧,那么我们就领养孩子。我看,只要我们相亲相爱就好,你说是不是?"

这时他才告诉我实情。

"奥利弗,问题比这要严重得多。詹尼已经病得很重了。"

"'病得很重'?请你讲明确一点好不好?"

"她已经为日无多了。"

"这不可能吧,"我说。

我就巴不得医生对我说这是他跟我开了个天大的玩笑。

"奥利弗,这是真的,"他说。"很抱歉,我不得不把这个消息告诉你。"

我认定他准是出了什么差错——可能他手下那名白痴护士又拆了烂污，把别人的 X 光底片或者什么检查报告拿给他了。可是他怀着最大的同情回答说，詹尼的血样已经重复验过三次。诊断上绝对没有问题。当然，他恐怕还得介绍我们——我——詹尼——去请教一位血液病专家。依他看，倒不妨……

我挥挥手打断了他的话头。我需要安静一会儿。一定要安静下来理一理那一团乱麻。这时我猛然想起一件事来。

"大夫，你对詹尼是怎么说的？"

"我说你们俩都没有问题。"

"她相信吗？"

"我想该相信吧。"

"咱们该什么时候告诉她呢？"

"到了这一步，可就要你拿主意了。"

要我拿主意！天哪，到了这一步，我都快喘不过气来了！

医生解释道，对于詹尼这种类型的白血病，现有的种种治疗手段都纯粹是姑息性的——可能起一点缓和、抑制的作用，但治不了病。所以，到了这一步，主意就要我来拿了。治疗的事暂缓开始倒也无妨。

但在那个时候，我脑子里其实只有一个念头：要命！要命！碰到了这样的倒霉事儿！

"她才二十四岁呀！"我告诉医生，当时我想必是大喊大叫的。他点点头,丝毫没有不耐烦的样子。詹尼的年龄他知道得很清楚,他也明白这对我是多大的痛苦。后来我意识到总不能老是这样在医生的诊所里发呆。我就问他,该怎么办。就是说,我应该怎么办。他要我举止言行尽可能保持常态,能保持多久就保持多久。我谢过他以后就走了。

要保持常态!要保持常态!

十八

我开始想到上帝。

我是说,冥冥之中存在着一个最高主宰的想法,开始悄悄地潜入我的心房。倒不是因为上帝要这样对待我——应该说,是这样对待詹尼——而我心里就恨不得对准他的面门饷以老拳,揍他一顿。不,当时我的那一种对神明的观念恰恰与此相反。比方说,我早晨醒来看到詹尼在那里,还在那里,那时我真希望有一位上帝可以让我向他表示感谢,感谢他让我醒来还能看到詹尼弗。这话说来真不好意思,简直太丢人了,但我确实希望如此。

我拚着命保持常态,所以准备早点等等的事我当然还是让她去做。

"你今天要跟斯特拉顿见面吗?"她问,我正在吃第二碗玉米片粥。

"谁?"我问。

"六四届的雷蒙德·斯特拉顿,"她说,"你最好的朋友。认识我以前,你跟他同屋住的。"

"哦,对。我们约好去打壁球。我想不去了。"

"扯淡。"

爱情故事 | 131

"你说什么,詹?"

"你还是去打你的壁球,预科生。我可不要一个不运动、光长膘的老公,混蛋!"

"好吧,"我说,"那咱们就到闹市里吃晚饭去。"

"干吗?"她问。

"你问'干吗'是什么意思?"我直着嗓门大叫,竭力摆出往常那副佯怒的架势。"难道就不兴我带我的鬼婆娘下馆子去吃顿饭?"

"她是谁,巴雷特?她叫什么名字?"詹尼问。

"你说什么?"

"你听我说,"她解释道。"要是做丈夫的在非休假日带老婆下馆子,那准是跟别的女人搞上了!"

"詹尼弗!"我咆哮起来,这下可真的火了。"我不愿意在我的早餐桌上听你这种胡扯淡。"

"那你就老老实实回家,把屁股坐到我的晚餐桌旁来。OK?"

"OK。"

我就告诉这位上帝——且不管那上帝是何许神祇,位于何方——只要这个现状能够维持,我就甘愿忍受下去。痛苦,我不在乎;只要詹尼不知道,我可以一直埋在心里。主啊,你听见我的祈求没有？你要我付出什么样的代价都可以。

"是奥利弗吗？"

"找我吗，乔纳斯先生？"

他一个电话把我叫到了他办公室里。

"你了解贝克事件吗？"他问。

我当然了解。罗伯特·勒·贝克是《生活》杂志的摄影记者，那次他打算拍摄一个骚乱场面，被芝加哥的警察打得不成人样。乔纳斯把这个案子列为事务所经办的重点案件之一。

"我知道警察揍了他一顿，先生，"我对乔纳斯说，一副轻松愉快的样子（哈！）。

"我希望这案子由你去办，奥利弗，"他说。

"就我一个？"我问。

"你可以带一个年轻人作助手，"他说。

年轻人？事务所里数我最年轻。不过我领会他这话里包含的信息：奥利弗，尽管你的实际年龄还轻，可你已经是这个事务所的"大佬"之一了，跟我们彼此彼此了，奥利弗。

"谢谢你，先生，"我说。

"你什么时候可以去芝加哥？"他问。

我已经拿定主意不告诉任何人，自己精神上的重压，决定由我独个儿承担。所以我向乔纳斯老头支支吾吾胡诌了几句，究竟说了些什么，我都已经记不得了，反正大意是说我觉得这阵子我不能离开纽约，希望他谅解。但我知道，对于乔纳斯先生此次显然大有深意的表示我作出如此反应，当时肯定使他大失所望。哦，乔纳斯先生啊，乔纳斯先生！你哪里知道我的苦衷啊！

一个怪现象：奥利弗·巴雷特第四下班比以前提早了，可是回家的步子反倒走得比以前慢了。这该如何解释呢？

逛第五街看橱窗已经成了我的习惯。我尽望着那些讨人喜欢却又贵得吓人的玩意儿，要是我不必装模作样保持……"常态"的话，我早就给詹尼弗买回家了。

是的，我怕回家。因为，自我得悉真情至今已有几个星期，现在她终于渐渐开始消瘦了。我是说，尽管只是稍微瘦了一点儿，她自己也许没有觉察到，但是知道底细的我觉察到了。

我常常去看看航空公司的橱窗，看看班机广告：去巴西的、去加勒比海的、去夏威夷的（"把一切烦恼撇在一旁，飞往阳光灿烂的世界！"）等等，等等。偏偏那天下午环球航空公司推出的却是淡季中的欧洲：伦敦的"购物游"，巴黎的"恋人游"……

"我的奖学金还要不要?我自出娘胎以来还没去过的巴黎还去不去?"

"咱们的婚事还办不办?"

"谁说过要办婚事啦?"

"我。是我这会儿在说。"

"你要跟我结婚?"

"对。"

"理由呢?"

我是人家求之不得的一个赊账对象,所以早就有了一张"就餐俱乐部"的信用卡。唰!在登记单的虚线上把名字一签,我就神气十足地拿到了两张去恋人天堂的飞机票(还是头等的)。

我回到家里,詹尼的脸色不好,有些白里泛灰,但我希望我那个绝妙的主意能使她的双颊添上些许血色。

"巴雷特太太,我叫你猜一件事,"我说。

"准是你给炒了鱿鱼,"我的乐天派妻子猜道。

"不是变鱼,是化成鸟上天,"我说着抽出两张票。

"上了天一直飞,"我说。"明天晚上飞巴黎。"

"扯淡,奥利弗,"她说。但态度平和,一点没有往常那种虚张声势的神气。照她现在的口气,好像还有点儿亲昵的味道:"扯淡,奥利弗。"

"喂,能不能请你把'扯淡'的含义说得明确些?"

"嗳,奥利,"她柔声说,"咱们可不能这样胡来。"

"胡来什么呀?"我问。

"我不想去巴黎。我要的不是巴黎。我只要你——"

"这你早就得到了,好乖乖!"我打断她的话头,我的口气听得出是在强颜欢笑。

"我还需要时间,"她继续说,"这是你不可能给我的。"

我这才往她的眼睛里仔细看去。那双眼睛流露出不可名状的忧郁。不过这种忧郁只有我才理解。她的目光仿佛在说她心里难受。是为我难受。

我们默默地站着,互相扶住。千万千万,要哭就让我们俩一道哭吧。不过最好还是谁也不哭。

接着詹尼就都告诉了我,她说她一直觉得"浑身不带劲儿",所以又去找了谢泼德医生,但不是去看病,而是要他摊牌:告诉我,我什么地方出了毛病,真要命。于是他说了。

由于自己没有尽到向她吐露真情的义务,我产生了一种奇怪的内疚之感。这点她理会到了,就故意说几句无聊话。

"奥尔,他是个耶鲁货。"

"你说谁,詹?"

"阿克曼。那个血液病专家。一个彻头彻尾的耶鲁货。本科和医学院都在那里毕的业。"

"哦,"我明知她是想在这段苦难的历程中注入若干轻松的成分。

"至少他能读能写吧?"我问。

"那还要看,"奥利弗·巴雷特太太、拉德克利夫的六四届毕业生堆着笑脸说,"不过我看得出他能谈。而我去的目的就是想谈谈。"

"这么说那个耶鲁货医生还不错嘛,"我说。

"不错,"她说。

十九

现在我至少不再把回家视为畏途了。我不必再战战兢兢地注意"保持常态"了。我们又可以推心置腹无所不谈,哪怕是我们在一起的日子已经屈指可数这样一个可怕的事实,也不回避了。

我们有许多问题需要商量,这些问题由一对才二十四岁的夫妇提出来,未免异乎寻常。

"我相信你会坚强起来的,你这个冰球明星,"她说。

"我一定坚强,一定,"我回答说。其实,冰球大明星已经害怕了,不知素来洞察幽微的詹尼弗是否看得出来。

"我是说,你得为菲尔坚强起来,"她继续往下说。"将来最不好受的是他。你反正可以做个快乐的鳏夫①。"

"我不会快乐的,"我把她的话打断。

"你会快乐的,混蛋。我要你快乐。OK?"

"OK。"

"OK。"

过了大约一个月,一天,刚吃过晚饭。由于她的坚持,她还在管烹饪。我劝之再三,她总算同意把收拾打扫的工作交给了我（不过她还是剋了我一顿，说这不是"男人干的活"）。当时我正收拾杯盘，她在弹肖邦的曲子。我听到肖邦的一首前奏曲弹到中途戛然而止，便立刻走进起居室。只见她坐在钢琴前发呆。

"詹，你没事儿吧？"我问她，意思当然是指比较而言。

她却反问一句："雇车的钱你身边总还有吧？"

"当然有，"我答道。"你要上哪儿？"

"大概——要上医院了，"她说。

在随后出现的一阵忙乱中，我意识到这一天终于来临了。詹尼就要走出我们的公寓，一去不复返了。当她干坐在那里等我为她收拾几件东西的时候，不知道她心里在想些什么。我是说，对这套公寓不知她是否有所恋栈？她想看一眼这儿的什么留个纪念？

什么也不看。她只是一动不动地坐着，目光没有停留在任何物体上。

"喂，"我说，"你另外还有什么要紧的东西要带吗？"

"唔，唔，"她摇摇头表示没有，接着似乎想起了什么，便加以补止："就是你。"

---

① 这里套用的是一部维也纳轻歌剧《快乐的寡妇》（又译《风流寡妇》）的剧名。

到了楼下，找一辆出租汽车可费了不少劲，因为那正是人们上剧场看戏什么的时候。看门的又是吹哨子，又是挥手臂，活像个金刚怒目的冰球裁判。詹尼只好靠在我身上，我暗暗希望干脆雇不到汽车，好让她一直这样靠着我。但我们最后还是雇到了一辆。也不知我们交的是什么运，出租车司机是个爱说笑的家伙。一听我说目的地是西奈山医院，而且要快，他把讨口彩的老一套全搬出来了。

"放心吧，年轻人，你们碰上的不是个生手。这匹麒麟跟我干这一行有年月了。"

在后座上，詹尼紧紧偎着我。我吻着她的头发。

"你们这大概是头胎吧？"我们那位爱说笑的司机问道。

詹尼大概觉察到我快要忍不住骂那个家伙了，所以就悄悄对我说：

"奥利弗，友好点儿。他是想对咱们表示友好。"

"是的，先生，"我回答他说。"是第一回。我妻子感到不大舒服，所以能不能请你尽量抢绿灯？"

才一眨眼的工夫，他就把我们送到了西奈山医院。他确实很友好，特地下车为我们开了车门，诸如此类无不周到之至。在把车开走以前，他祝愿我们万事如意，快乐幸福。詹尼谢了他。

詹尼好像连站着都有点晃悠，我想抱她进去，但她不肯，"这儿不用你抱我进门，预科生。"于是我们走进医院，去办那一连串麻烦得要死的住院手续。

"你们买过'蓝盾'或其他医疗保险没有？"

"没有。"

（谁会想到这些芝麻绿豆事儿？我们买碗碟瓷器还忙不过来呢。）

当然，詹尼进医院也是意料中事。医学博士伯纳德·阿克曼事先已经预见到了，现在治疗就由他主持。正如詹尼所说的那样，他人挺好的，尽管是个彻头彻尾的耶鲁货。

"现在就设法让她增加白细胞和血小板，"阿克曼医生对我说。"这是她眼下最需要的。她说什么也不要用抗代谢药。"

"那是什么意思？"我问。

"一种减慢血细胞破坏的治疗手段，"他解释道，"但是可能产生不愉快的副作用，这詹尼是知道的。"

"我说，大夫，"我知道对他讲这番道理其实是多余的。"一切由詹尼作主。她怎么说就怎么办。你们只要想尽一切办法不让她受到痛苦就行。"

"这一点你可以放心，"他说。

"费用我不计较，大夫。"我大概把嗓门都提高了。

"是几个星期——还是几个月，这就很难说了，"他说。

"费用的事管他娘，"我说。其实他对我很耐心，倒是我对他气势汹汹。

"我的意思只是说，"阿克曼解释道，"她究竟能拖多久，时间是长是短，实在无从知道。"

"请记住，大夫，"我简直是命令他了，"请记住，我要她得到最好的照料。特等病房。特别看护。一应俱全。请照办。钱我有。"

二十

从曼哈顿的东六十三街到马萨诸塞州的波士顿,汽车至少要开三小时二十分钟。真的,这条路上的最高限速我都试过,我相信,任何汽车,不论是国产的还是外国的,即使由格雷厄姆·希尔①一类人物驾驶,也不可能开得再快了。当时在马萨诸塞的高速公路上,我的MG牌跑车时速达到了一百零五英里。

我带着电动剃须刀,所以你尽可以放心,在走进州府大街那神圣的办公大楼之前,我已经细心地刮了胡子,并且在汽车里换了衬衫。时间才上午八点,那里就已经有几位气度不凡的波士顿名流等着要见奥利弗·巴雷特第三了。他的女秘书认识我,她连眼睛也没多眨一下便向对讲电话里通报了我的名字。

我父亲并没有说"领他进来"。

倒是他的办公室门开了,他亲自走出来,招呼说:"奥利弗。"

察言观色已成习惯的我,注意到他脸色似乎有些苍白,这三年来他的头发都变花白了(也许还稀疏了些)。

"进来,孩子,"他说。我一时也摸不透他的语气,只管朝他的办公室走去。

爱情故事 | 143

我在"客椅"上坐下。

我们相对看了一眼,接着就都把视线移开了,移到哪儿都行。我的目光落在他办公桌上的那一堆摆设里:装在皮套里的剪子、皮柄的拆信刀、母亲好几年前照的一张相片。还有我的一张(在埃克塞特中学毕业时照的)。

"你这一阵子过得怎么样啊,孩子?"他问。

"很好,爸爸,"我回答说。

"詹尼弗好吗?"他问。

为了不对他撒谎,我避开了这个问题(虽然那正是问题的中心所在),就开门见山说出了我突然又来找他的原因。

"爸爸,我要借五千块钱。有正当理由。"

他看看我。好像还点了点头。

"哦?"他说。

"可以吗?"我问。

"能不能让我知道理由?"他问。

"我不能告诉你,爸爸。请你借给我这笔钱就行了。"

我感到——如果一个人真能从奥利弗·巴雷特第三身上获得什么感觉的话——他是打算给我这笔钱的。我还意识到,他也并不想熊我一顿。但是他很想……谈谈。

---

① 格雷厄姆·希尔(1929—),英国赛车运动员,1962 年的世界冠军。

"你在乔纳斯与马什事务所不是有薪水吗?"他问道。

"是的,爸爸。"

我真想告诉他数字,目的只是想让他知道那是全班最高纪录,但是再一想:既然他知道我在什么地方工作,大概也知道我拿多少薪水。

"她不是也在教书吗?"他问。

哦,可见他也不是什么都清楚的。

"不要'她'呀'她'的,她有名字,"我说。

"詹尼弗不是在教书吗?"他改口客客气气地问。

"请不要把她跟这件事扯在一起,爸爸。这是一件私事。一件非常重要的私事。"

"你是不是在外边撒下了风流种子?"他问道,但语气中没有任何非难的意思。

"嗯,"我说,"是的,爸爸。是这样。这笔钱请你一定要给我。"

我看他根本没有相信我说的理由,我看他也并不真想知道。他向我提问,就像我刚才说的,无非是为了我们可以……谈谈。

他伸手到办公桌抽屉里拿出一本皮面子的支票簿,那皮面子是跟他的拆信刀柄和剪刀套子一样的科尔多瓦牛皮①。他慢

---

① 西班牙科尔多瓦省出产的高级牛皮。

条斯理地打开支票簿。我相信那不是故意折磨我,而是为了拖延时间。好找些话说。找一些不会引起摩擦的话说。

他填好支票,从簿子上撕下,向我递过来。我可能迟疑了片刻才意识到应当伸手去接,因此他有点儿尴尬(这是我的感觉),于是把手又缩了回去,将支票放在办公桌边上,这才朝我看看,点了点头。他的表情仿佛是说:"拿去吧,孩子。"但事实上他只是点了点头,仅此而已。

我也并不想离开,只是也找不出什么不伤脾胃的话说。我们总不能这样干坐着,我们俩心里都想谈谈,却又连正眼相视都难以做到。

我探身过去拿了支票。不错,是五千美元,下面是奥利弗·巴雷特第三的签字。墨迹已干。我一边小心地把支票折好,放进衬衫的口袋,一边站起来,慢吞吞地朝门口走去。其实当时我至少也应该说几句话,表示一下我知道,为了我的缘故,让波士顿的(也许还有从华盛顿来的)几位要人在他办公室的外间久等了;"可要是我们再找点话儿谈谈的话,爸爸,我还可以在你的办公室里泡上好半天呢,连你原订的午餐约会怕也得取消呢"……等等,等等。

我把门开到一半,站立片刻,鼓起勇气望着他,只说了一句:

"谢谢你,爸爸。"

二十一

通知菲尔·卡维累里的任务落在我身上。除了我，还能有谁？我真担心他会垮下，可是他倒没垮：他平静地锁上了克兰斯顿的房子，住到我们的公寓里来了。我们各有一套独特的办法克制悲痛。菲尔的办法就是做清洁工作：又洗又刷又擦。他脑子里究竟在想些什么，我实在摸不清，不过，算了，就让他去干吧。

他莫非还在梦想詹尼会回来？

他是有这个想法的，可不是吗？可怜的菲尔！这就是他做清洁工作的目的。他就是不肯接受这残酷的现实。当然，他是不会向我承认这一点的，但是我知道他心里是这样想的。

因为我心里也这样想啊。

詹尼弗一进医院，我就打电话给乔纳斯老头，把我不能去上班的原因告诉了他。我装作还有事，得赶紧挂断电话，因为我知道他心里难过，但想说的话又说不出来。自此以后，我每天的时间就不外乎用于两个方面：一是探视，二是处理其他的种种事情。所谓处理其他的种种事情，不用说其实也就是啥都干不了。吃饭没有滋味；菲尔打扫屋子（又打扫了!)我只能看着;甚至服了阿克曼给我开的药,也睡不着觉。

有一次我无意中听到菲尔喃喃自语:"再这样下去我实在受不了啦。"当时他正在隔壁房间里洗我们晚餐撂下的碗碟(不用机器)。我虽然没有搭话,心里却暗自忖度:我就受得了。不管是什么样的上帝在冥冥之中导演这出戏,最高主宰先生,你尽管让它演下去吧,我可以无限期地一直忍受下去。因为詹尼总还是詹尼。

那天晚上,詹尼把我赶出病房。她要跟她的父亲"爷儿俩掏心窝"谈谈。

"这场会谈只有意大利裔美国人可以参加,"她说,脸色像她的枕头一样煞白,"所以,你给我出去,巴雷特。"

"好吧,"我说。

"但是别走得太远,"我走到门口时,她又说。

我坐在休息室里。不久,菲尔就出来了。

"她叫你给她滚进去,"他的嗓子哑了,几乎没有声音,好像全部内脏都给掏空了。"我去买包香烟。"

我走进病房,她命令道:"把那该死的门关起来!"我服从了命令,轻轻地把门关上,回过身来到她床边坐下,这才比较清楚地看到了她的模样。我是说,我这才看到她老是藏在被子底下的那条右臂上原来还插着几支管子。我平时总喜欢紧挨着她坐，盯着她的脸看。她脸色虽然苍白，一对眼睛仍然炯炯有神。

因此我照例赶快紧挨着她坐下。

"奥利，我不骗你，我倒不觉得痛，"她说。"我就觉得像从悬崖上慢慢地往下掉，跟慢镜头似的，你明白吗？"

我五脏深处仿佛有件东西在搅动，这无形的东西直往我的嗓子眼里冒，要我哭出来。但我不能哭。我从来不哭。我是条硬汉子，明白吗？我不能哭。

但是，我要不哭，就开不了口。我只能点头示意。所以，我就点点头表示明白。

"扯淡，"她说。

"嗯？"要说这是一句话，还不如说是一声呻吟。

"你不明白从悬崖上往下掉是怎么回事，预科生，"她说，"你这辈子又不曾有过这种体验。"

"我有过，"我恢复了说话的能力。"就在我遇见你的时候。"

"对，"说话间，一丝微笑掠过她的脸庞。"'哦，那是多么彻底的堕落啊。'这是谁的话？"

"我说不准，"我回答说，"是莎士比亚吧。"

"这我知道，但到底是哪个人物的话……"她的口气显得

爱情故事 | 149

有些哀伤。"甚至出自哪个剧本我都记不起来了。①我进过拉德克利夫学院,有些东西应当记得。我本来连克歇尔编的莫扎特全部作品目录都背得出来。"②

"了不起,"我说。

"是不含糊,"她说,接着皱起了眉头问道:"他的 C 小调钢琴协奏曲是作品第几号?"

"我去查一下,"我说。

我知道该到什么地方去查。就在我们公寓里,钢琴旁边的一个架子上。我回去查一下,明天第一件事就是来把作品号码告诉她。

"我本来都背得出来,"詹尼说,"真的。我本来都背得出来。"

"听我说,"我模仿鲍嘉的口吻说,"你真想要谈音乐?"

"难道你宁可谈葬礼?"她问。

"不,"我后悔打断了她的话头。

"我跟菲尔商量过了。奥利,你在听吗?"

---

① 这句话见于莎士比亚的悲剧《哈姆雷特》第一幕第五场。鬼魂向哈姆雷特述说他的母亲新寡即与他的叔父结合,所以也有人译为:"那是一个多么卑鄙无耻的背叛。"
② 路德维希·冯·克歇尔(1800—1877),奥地利音乐学家。他编的莫扎特作品目录有六百多号。

因为我的脸早已背了过去。

"是的,我在听,詹尼。"

"我告诉他可以按天主教教规举行仪式,相信你也会说OK的。OK?"

"OK,"我说。

"OK,"她应道。

这时我稍稍松了口气,因为我们接下去无论谈什么,总不会再这样难受了吧。

然而我想错了。

"听着,奥利弗,"她说,声调尽管温和,但含着嗔怒,"奥利弗,收起你那副讨厌的样子!"

"我?"

"你脸上那副问心有愧的德性,奥利弗,真叫人讨厌。"

说实在的,我也想换个表情,可是我面部的肌肉都僵硬了。

"这不是哪一个人的过错,你这个不开窍的预科生,"她说。"请不要再责备自己了,好不好?"

我真想一直看看她,因为我怎么也不愿意让我的目光离开她,但我还是禁不住垂下了眼皮。我惭愧到了极点,因为直至此时此刻詹尼还能把我的心思看得这样一清二楚。

"听着,奥利,我求你的就这么屁事儿一桩。除此以外,我对你完全放心。"

我五脏里的那件东西又搅动起来了,因此我连一声OK也不敢说。我只是像个哑巴似的看着她。

"巴黎算得啥?"她忽然说。

"嗯?"

"巴黎算得啥?音乐算得啥?你以为我为你作出了许多牺牲,这些都算得了啥?我才不在乎呢,你这个狗崽子。你相信不?"

"不,"我老实回答。

"那就滚你的蛋,"她说。"我可不要你守在我临终的床边。"

她说的是真心话。詹尼什么时候说话算话,动了真情,我都听得出来。为了可以留在她身边,我只得撒了个谎:

"我相信你,"我说。

"那才像话,"她说。"现在你能为我做件事吗?"五内深处的那件东西向我发动了毁灭性的冲击,非要逼我哭出来不可。但我硬是顶住了。我坚决不哭。我只想向詹尼弗表示——正经点一点头向她表示——为了她,要我做什么事我都心甘情愿。

"请你紧紧抱着我,好吗?"她问道。

我伸出一只手按住她的前臂——天哪,都瘦成这样了!——还轻轻地捏了捏。

"不是这样,奥利弗,"她说,"得像像样样抱着我。跟我贴得紧紧的。"

生怕碰掉那些管子什么的,我战战兢兢爬上床去,紧挨在她身旁,把她搂在怀里。

"谢谢啦,奥利。"

这就是她最后的话了。

二十二

我从病房里出来,只见菲尔·卡维累里在日光浴室里,不知在抽第几支香烟了。

"菲尔?"我轻轻说。

"啊?"他抬头一看,心里大概就已经全明白了。

事情明摆着,给他一些言语的安慰是不管用的。我走过去,把手按在他的肩上。我担心他会哭出来。我拿得准自己不会哭。我哭不出。我是说,我心头的滋味已经不是这些所能表达的了。

他把手按在我的手上。

"只怪,"他喃喃道,"只怪我已经……"他说到这里顿住了,我就耐心等着。反正,现在还有什么需要着急的呢?

"只怪我已经答应了詹尼,要为了你坚强起来。"

为了履行自己的诺言,他十分体贴地轻轻抚了抚我的手。

但是我现在需要一人独处。得去吸几口新鲜空气。最好出去走走。

楼底下,医院的前厅里一片死寂。我所听到的唯一的声音,就是自己走在油地毡上卡嗒卡嗒的脚步声。

"奥利弗。"

我停下脚步。

那是我父亲。除了问讯处那个女人以外，此时此地就我们两个人。事实上，在这般时分，像我们这样还没睡下的人，全纽约也不多。

面对着他我受不了。我就径直向旋转门走去。但一转眼他也出来了，就在我身边站着。

"奥利弗，"他说，"你早就该告诉我了。"

外边冷得很，这样也好，因为我已经麻木不仁，需要有点知觉。父亲还在跟我说话，我还是一动不动地站在那里，听任寒风拍打我的脸。

"我一了解情况，就跳上汽车来了。"

我忘了穿外套；一阵阵彻骨的寒意刺得我都疼起来了。疼得好。疼得好。

"奥利弗，"父亲急着说，"我愿意帮忙。"

"詹尼已经死了，"我告诉他。

"哦，对不起，"他一惊之下，轻轻吐出了这么一声。

不知为什么，我却把刚刚去世的那位美丽姑娘早先对我说过的一句话搬了出来：

"爱，就是永远也用不着说对不起。"

接着我干了一件破天荒的事，这样的事我在他面前从来没有干过，更不必说在他的怀里了。我哭了。

译后记

　　一本只有薄薄一百多页的小书，写的是很难标新立异的爱情故事，连书名也平淡无奇（更像个副题），作者又是名不见经传的新人。然而书一出版，却赢得千百万美国人争相传诵，其中颇有一些读者还为男女主人公生离死别一掬同情之泪，甚至当时在任的美国总统也感动得向社会各界大力推荐。这部在《纽约时报》畅销书单上连续七个多月雄踞榜首、至今累计印数已超过两千万册的小说，后来由派拉蒙公司改编摄制成电影（其实原著本身差不多就是一个现成的电影文学剧本），从银幕上飘出的主题音乐又是那样荡气回肠，优美的旋律不胫而走，竟至被填词成为流行歌曲，风靡了全世界。——这便是中篇小说《爱情故事》所交上的如有神助的好运。

名门子弟奥利弗和糕点师之女詹尼,由言语冲突而交上朋友,进而冲破门第观念的阻挠结为伉俪,咬紧牙关自力更生,好不容易在社会上站住了脚。可是,小两口刚过上向往已久的安生日子,正当他们陶醉在如何生个大胖小子的美梦中时,医生告诉做丈夫的:他的妻子患有不治之症。未几,白血病便夺走了才二十五岁的詹尼的生命。在这样屡见不鲜的俗套情节基础上,居然能产生如此不俗的作品,不能说纯属偶然。作者不用很多笔墨着意细描,而是完全让感情来说话。他的文笔简洁、率直,但粗中有细、疏处见密。他的幽默带有清晰的现代标记,迥异于狄更斯或马克·吐温的风格。这些都已成为现代美国文学和语言的研究课题。

小说的背景是六十年代的美国。在彼时彼地,一些青年为了发泄对社会和现实的不满,故意追求颓废的生活方式,纷纷争当"嬉皮士"(蓄长发和奇装异服只是其最表层的特征),甚至堕入吸毒的魔道。这种现象曾引起美国上层"正统派"人士的忧虑。本书男主人公奥利弗·巴雷特第四虽则同代表"正统"的父亲决裂,但他反抗的仅仅是父亲硬要给他套上的"笼头"("强我所难"、"做应该做的事情"),是巴雷特第三对他的婚姻的干涉。他还是抱着"凡事我总应该名列第一"的家庭传统观念,在考试名次、体育运动乃至拈花惹草各方面惯于无往而不利。显然,奥利弗和詹尼都不是"嬉皮士",不属于美国社会的"不稳定因素",也不赞成过于离经叛道的行为。奥利弗学成以后,延聘者纷至沓来,但是,面对太"野"的诱饵,这对年轻夫妇还是理智和冷静的。尽管巴雷特第四认为巴雷特第三是"石面人"、"没有心肝",不过,儿子的行为对社会来说完全无伤脾胃,他恐怕也算不得巴雷特家族的叛逆者,所以最后还是扑在他父亲的怀里哭了,说:"爱,就是永远也用不着说对不起。"作者这句画龙点睛的话,触动了许许多多处于寂寞和迷惘中的读者的心弦,恐怕也是很能使上层"正统派"放心和告慰的吧。

作者埃里奇·西格尔生于一九三七年,哈佛大学毕业,在校时曾是一位田径运动员。后在耶鲁大学教过古典文学和比较文学,为"披头士"乐队写过电影剧本《黄色潜艇》,还当过和平队全国顾问委员会的委员。除《爱情故事》(一九七〇)外,他的创作还有剧本《奥德赛》(一九七五)以及小说《奥利弗的故事》(一九七七)、《男人、女人和孩子》(一九八〇)、《级友》(一九八四)等。

舒心、鄂以迪
1996 年 9 月

图书在版编目(CIP)数据

爱情故事/(美)西格尔(Segal, E.)著;舒心,
鄂以迪译.—上海:上海译文出版社,2011.11(2022.3重印)
(译文经典)
书名原文:Love Story
ISBN 978-7-5327-5471-7

Ⅰ.①爱… Ⅱ.①西…②舒…③鄂… Ⅲ.①长篇小说-美国-现代 Ⅳ.①I712.45

中国版本图书馆 CIP 数据核字(2011)第 071101 号

Erich Segal
LOVE STORY
Copyright © 1970 by Erich Segal
Chinese Translation copyright © 2011 by Shanghai Translation Publishing House
All rights reserved

图字:09-1996-014 号

爱情故事
[美]埃里奇·西格尔 著 舒 心 鄂以迪 译
责任编辑/冯 涛 装帧设计/张志全

上海译文出版社有限公司出版、发行
网址:www.yiwen.com.cn
201101 上海市闵行区号景路 159 弄 B 座
山东临沂新华印刷物流集团有限责任公司印刷

开本 787×1092 1/32 印张 5 插页 5 字数 58,000
2011 年 11 月第 1 版 2022 年 3 月第 6 次印刷
印数:22,001—24,000 册

ISBN 978-7-5327-5471-7/I·3202
定价:58.00 元

本书中文简体字专有出版权归本社独家所有,非经本社同意不得连载、摘编或复制
如有质量问题,请与承印厂质量科联系。T:0539-2925659

"译文经典"（精装系列）

瓦尔登湖	[美] 梭罗 著　潘庆舲 译
老人与海	[美] 海明威 著　吴劳 译
情人	[法] 玛格丽特·杜拉斯 著　王道乾 译
香水	[德] 聚斯金德 著　李清华 译
死于威尼斯	[德] 托马斯·曼 著　钱鸿嘉 译
爱的教育	[意] 亚米契斯 著　储蕾 译
金蔷薇	[俄] 帕乌斯托夫斯基 著　戴骢 译
动物农场	[英] 乔治·奥威尔 著　荣如德 译
一九八四	[英] 乔治·奥威尔 著　董乐山 译
快乐王子	[英] 王尔德 著　巴金 译
都柏林人	[爱] 乔伊斯 著　王逢振 译
月亮和六便士	[英] 毛姆 著　傅惟慈 译
蝇王	[英] 戈尔丁 著　龚志成 译
了不起的盖茨比	[美] 菲茨杰拉德 著　巫宁坤 等译
罗生门	[日] 芥川龙之介 著　林少华 译
厨房	[日] 吉本芭娜娜 著　李萍 译
看得见风景的房间	[英] E·M·福斯特 著　巫漪云 译
爱的艺术	[美] 弗洛姆 著　李健鸣 译
荒原狼	[德] 赫尔曼·黑塞 著　赵登荣　倪诚恩 译
茵梦湖	[德] 施托姆 著　施种 等译
局外人	[法] 加缪 著　柳鸣九 译
磨坊文札	[法] 都德 著　柳鸣九 译
遗产	[美] 菲利普·罗斯 著　彭伦 译
苏格拉底之死	[古希腊] 柏拉图 著　谢善元 译
自我与本我	[奥] 弗洛伊德 著　张唤民 等译
"水仙号"的黑水手	[英] 约瑟夫·康拉德 著　袁家骅 译
变形的陶醉	[奥] 斯台芬·茨威格 著　赵蓉恒 译
马尔特手记	[奥] 里尔克 著　曹元勇 译
棉被	[日] 田山花袋 著　周阅 译
69	[日] 村上龙 著　董方 译
田园交响曲	[法] 纪德 著　李玉民 译
彩画集	[法] 兰波 著　王道乾 译
爱情故事	[美] 埃里奇·西格尔 著　舒心　鄂以迪 译
奥利弗的故事	[美] 埃里奇·西格尔 著　舒心 译
哲学的慰藉	[英] 阿兰·德波顿 著　资中筠 译
捕鼠器	[英] 阿加莎·克里斯蒂 著　黄昱宁 译
权力与荣耀	[英] 格雷厄姆·格林 著　傅惟慈 译
十一种孤独	[美] 理查德·耶茨 著　陈新宇 译